내 작은 삶에 대한

커다란
소설

지음 수지 모건스턴

1945년 미국 뉴저지에서 태어났으며, 대학에서 영어와 비교 문학을 가르쳤습니다. 두 딸을 키우면서 어린이 문학에 관심을 갖기 시작했습니다. 그림책부터 소설에 이르기까지 엉뚱하면서도 재치 있고 유머와 위트가 넘치는 이야기로 많은 어린이와 청소년 독자들로부터 사랑을 받고 있습니다. 톰텐 상, 크로너스 상, 밀드레드 L. 배첼더 상을 비롯해 수많은 상을 수상했고, 2005년에는 프랑스 문화예술 공로훈장을 받았습니다. 작품으로는 『조커, 학교 가기 싫을 때 쓰는 카드』, 『엄마는 뭐든지 자기 맘대로야』, 『중학교 1학년』, 『0에서 10까지 사랑의 편지』, 『이사 안 가기 대작전』 등이 있습니다.

그림 알베르틴

1967년 스위스 제네바에서 태어났습니다. 제네바디자인예술학교와 장식예술학교에서 공부했습니다. 제네바예술과디자인학교에서 실크스크린과 삽화를 가르쳤습니다. 인생과 예술의 동반자인 작가 제르마노 쥘로와 함께 살면서 섬세하고 유머 감각이 풍부하며, 다양한 해석이 가능한 글과 그림을 담아 어린이 책을 만들고 있습니다. BIB 황금사과상, 소르시에르상, 라가치상, 안데르센상을 수상했습니다. 작품으로는 『작은 새』, 『나의 작고 작은』, 『토요일의 기차』, 『높이 더 높이』 등이 있습니다.

옮김 이정주

서울여자대학교와 같은 학교 대학원에서 불어불문학을 공부했습니다. 지금은 방송과 출판 분야에서 전문 번역인으로 활동하고 있습니다. 우리나라 어린이와 청소년에게 재미와 감동을 주는 프랑스 책들을 직접 찾기도 합니다. 옮긴 책으로는 『오스발도의 행복 여행』, 『진짜 투명 인간』, 『친절한 세계사 여행』, 『고래들이 노래하도록』, 『엄마를 화나게 하는 10가지 방법』, 『샌드위치 도둑』, 『오, 멋진데!』, 『이사 안 가기 대작전』, 『엄마는 뭐든지 자기 맘대로야』 등이 있습니다.

내 작은 삶에 대한

커다란
소설

수지 모건스턴 지음
알베르틴 그림 | 이정주 옮김

이마주

차례

나의 두 부엌에서 나를 도와주는 엠마 고티에에게

- 수지 모건스턴

잠,
아니면 삶?

부모님들은 다 똑같아. 우리가 이미 열네 살이 되었어도, 책임감이 있고 합리적이며 자율적인 어른이 거의 다 되었어도 소용이 없어. 부모님들은 밤이 되면 방으로 와서 '어서 자.'라고 말해. 우리를 마치 여섯 살 난 어린애 취급을 하지. 하지만 밤 시간에는 천 가지 아이디어, 천 가지 하고 싶은 일이 떠올라. 이건 피할 수 없어. 그러니까 이 작은 죽음과 같은 잠을, 밤새 아무 것도 하지 못하고 빠져 들어야만 하는 잠을, 나는 절대 받아들일 수 없어. 삶에서 끊어지는 걸 원치 않아. 휴대 전화를 보고, 음악을 듣거나 책을

잠옷

읽는 것이 훨씬 더 좋지.

삶이 부르는데 누워서 자는 건 힘든 일이야! 내일 완전히 맛이 갈 거라는 걸 알아도 할 수 없어. 지금이 먼저라는 생각을 떨칠 수 없지.

나는 세수할 때 거울을 잘 보지 않아. 코에 돋아난 여드름 따위 신경 쓰지 않지. 양치질은 해. 이건 이제 습관이 돼서 그만두기는 힘들 것 같아. 부모님의 주입식 교육이 성공한 거지.

이제 난 꿈속으로 여행을 떠날 준비가 됐어. 어젯밤에는 이상한 악몽을 꾸다가 깼어. 휴대 전화 메시지들을 쭉 읽는데, 갑자기 메

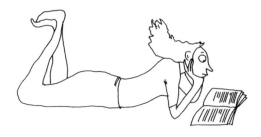

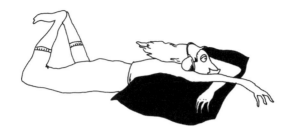

시지들이 온데간데없이 사라진 거야. 난 기다렸지. 전기의 신들에게 메시지를 돌려달라고 빌었어. 그러나 아무것도 돌아오지 않는 거야.

그때 갑자기 화장실이 급해서 잠에서 깼어. 침대에서 벌떡 일어나 화장실로 달려가면서도 휴대 전화를 놓지 못했지. 나는 종종 내가 무슨 꿈을 꿨는지 기억하지 못해.

나는 곧바로 잠들고 싶지 않아. 책을 읽을까? 아니면 음악을 들을까? 둘 다 할래!

하지만 바로 옆에서 할머니가 잠을 청해. 나는 할머니와 방을 같이 써. 할머니의 코 고는 소리가 밤새 둥둥 울려. 어쩔 수 없이 음악 감상은 포기해야 해!

언젠가 진로 상담 선생님이 가장 하고 싶은 일이 무엇인지 물었어. 말해 뭐해. 나 혼자만의 방을 가지는 거지.

나는 민달팽이야!

기상,
아니면 늦잠?

젠장! 알람 시계가 울렸어. 나는 멍하니 눈만 끔뻑이는 민달팽이처럼 침대에 누워 있어. 어젯밤에 너무 늦게 잤어. 하드 록 같은 할머니의 코 고는 소리에 도무지 잘 수가 있어야지. 온종일 침대에 있고 싶어. 왼손에는 책과 휴대 전화, 오른손에는 태블릿 피시를 들고서 말이야.

내가 죽을병에 걸리지 않는 한, 엄마는 날 늦잠 자게 내버려 두지 않을 거야. 엄마는 이제 알람 시계의 수고에 힘을 보태려고 들이닥칠 거야. 내가 좀 더 꾸물거리잖아? 그러면 양동이에 차가운

물을 담아와 내 얼굴에 끼얹었을 수도 있어. 이미 당해 봤지. 엄마는 부드러운 사람이 아니야. 아빠가 떠난 것도 당연해.

할머니는 아빠가 떠났을 때 우리와 함께 살러 왔어. 할머니는 엄마보다는 좀 더 둥글둥글한 방법을 써. 다가와서 내 귀에 이렇게 속삭이지.

"잠은, 죽으면 영원히 잘 수 있단다."

고무적인 말이야……

아무튼 나는 같은 방에서 자지 않았다면 무척 좋아했을 외할머니를 물려받았어.

내가 방을 하나 더 원하는 게 무리한 바람일까?

방 두 개와 거실 하나인 우리 아파트는 화려하지 않아. 하지만 나는 여기서 사는 게 익숙하고, 우리 동네를 정말 좋아해. 만약 시골의 대저택을 선물 받는다면? 그런 순간이 온다면 나는 나 혼자만의 방이 있는 대저택을 택할까, 아니면 지금 집을 택할까? 아빠와 엄마는 이곳에 이사 왔을 때 무척 좋아했어. 부모님은 함께 방을 썼고, 나는 내 방이 있었지. 엄마는 자기 엄마와 같이 자 본 적이 한 번도 없대. 그래서 할머니가 나와 방을 같이 쓰게 된 거야.

나는 초인적인 노력을 들여 간신히 일어났어. 내 절친 도렐리에게 데리러 가겠다고 약속했거든. 우리의 우울한 운명을 향해 함께 걸어가려고 말이야. 그래도 도렐리가 대박 사건을 알려 주겠다고

해서 기대가 돼. 안 그랬으면 내가 왜 힘들게 일어났겠어? 학교가 좋아서? 선생님이 보고파서? 급식이 맛있으니까?

할머니는 학교에 다니며 공부할 수 있다는 건 행운이라고 잔소리처럼 말해. 할머니는 열다섯 살부터 일해야 했거든.

할머니는 '행운이 두드리면, 문을 열어줘라!'라고 말해. 하지만 내 생각은 달라. '행운이 두드려도 침대에 가만히 누워 있으라!'

나는 유죄 선고를 받은 죄인처럼 일어났어. 선택의 여지가 없는데 어떻게 선택을 하겠어?

감아,
아니면 말아?

간신히 몸을 일으켜 침대 밖으로 나왔어. 나는 할머니에게 어떻게 살아왔는지 감히 물어본 적이 없어. 사실 외할아버지의 얘기가 듣고 싶어. 외할아버지에 대해 아는 게 없거든. 내가 할아버지 얘기를 꺼낼 때마다 엄마와 할머니는 말을 돌려. 왜 그럴까?

그렇지만 가장 급한 문제는 그게 아니야. 아침저녁마다 나에게 가장 중요한 문제는 바로 이거야. 머리를 감을까, 말까?

그게 뭐 문제냐고? 아주 큰 문제지. 머리가 좀 가려워서 긁잖아?

15

그러면 머리카락이 산발이 돼. 며칠 동안 폭탄 맞은 머리로 살게 되지. 손을 댈 수 없을 정도로…… 끔찍해!

그러니까 감긴 감아야 하는데, 또 선택과 결정을 해야 해. 샴푸로 감을지 말지. 나는 우유부단해. 사소한 일에도 할지 말지를 결정 못해서 우물쭈물 망설여.

내가 머리 감는 걸 알면 엄마는 이렇게 말할 거야.

"아, 안 돼! 또 감았잖아!"

엄마는 머리를 자주 감으면 머리카락의 윤기와 생기를 잃는다고 확신해. 머릿결을 죽이는 일이라고 생각하지.

"넌 샴푸를 들이마시는 거야, 뭐야?"

엄마는 욕실에 가지런히 놓인 샴푸 값도 따지나 봐.

차라리 결혼식 날과 장례식 날만 머리를 감으라고 하지 그래요, 엄마?

그래, 그러면 내일 감자. 아니야, 지금 당장 감는 게 좋겠어. 살면서 물에 젖을 필요는 분명히 있어. 너무 좋아. 나는 늘 앞모습을 신경 쓰는데, 샤워할 때는 뒷모습만 상상하게 돼. 신기해.

내 긴 머리카락이 천천히 흘러내려. 자르지 않는 게 좋겠지? 나는 수건으로 머리카락을 감싼 뒤 비볐어. 그러니까 기운이 나. 헤

어드라이기를 켜고 머리를 말렸어. 기분이 좋아. 완전히 새사람이
된 것 같아.

내 머리는 그대로 두면 '샤이오의 광녀'(주 - 프랑스 극작가 지로두
의 희곡. 늘 괴상한 차림으로 선행을 베풀지만, 사람들은 미친 여자라고 손가
락질한다.)나 '폴리 메리쿠르 거리의 마녀'(주 - 프랑스 작가 그리파리
의 동화 모음집 '폴리 메리쿠르 거리의 이야기'에 나오는 마녀) 같아 보여.

감기를 잘했어. 하지만 엄마 마음에는 들지 않나 봐. 당장 달려
와서 이렇게 말했거든.

"그러다 머릿결 다 상해!"

식사,
아니면 등교?

나는 머리를 감고 말리느라 안 그래도 빠듯한 아침 시간을 다 써 버렸어. 또 지각이야.

엄마에게는 몇 가지 확고한 원칙이 있는데, 내가 그 원칙에 따라 살기를 강요하지. 문제는 엄마의 원칙과 내 원칙이 달라서 골치가 아프다는 거야. 예를 들면 이런 거야. 나는 10시 전에는 전혀 배가 고프지 않은데, 엄마는 한창 성장 중인 뇌와 신체를 위해서는 아침을 잘 먹는 게 좋다고 굳게 믿어. 나는 일요일의 브런치는 아주 좋아해. 하지만 학교를 다니는 평일에는, 특히 머리를 감은 날에는

아침 식사를 건너뛰는 걸 더 좋아하지.

오늘 엄마는 갓 짜낸 오렌지 주스를 들고 계단통까지 쫓아왔어.

엄마는 내가 빨리 주스를 마시고 타르틴(주 - 빵 위에 버터나 잼, 햄, 치즈 같은 각종 재료를 얹은 샌드위치)까지 먹기를 기다렸어.

엄마를 기쁘게 해야 할까? 아니면 싫다고 솔직히 말할까?

고작 타르틴 하나로 문제를 일으키면 안 되겠지? 쓰레기통이 있으면 당장 던져 버리고 싶지만, 배고픈 아프리카 아이들을 생각하면 그럴 수가 없어. 할머니가 자주 하는 말도 떠올랐어.

"위가 비면, 뇌도 빈다."

나는 빵을 받아들고 냅다 달렸어. 그러고는 늘 허기져 있는 도렐리에게 건넸지. 걔는 한입에 먹어치우며 허공에 뽀뽀를 날렸어.

"고마워요, 보네 아줌마!"

그래, 내 성은 보네야. 이름은 보니. 보니 보네. 이런 이름은 흔치 않지만, 발음하기는 쉬워.

도렐리의 성은 도레야. 도렐리 도레. 앞 글자가 반복되는 게 비슷하지만, 도렐리 도레가 보니 보네보다 훨씬 멋있게 들려. 불공평해.

내 빵을 다 먹은 도렐리는 감탄 어린 눈으로 날 쳐다봤어.

"너 머리 감았구나! 예쁘다! 단체 사진 촬영 때문이지?"

찰칵

엉덩이,
아니면 따귀?

나는 우리 반 단체 사진 촬영이 있다는 걸 까맣게 잊고 있었어.

어쨌거나 나를 머리가 깨끗한 아이로 기억해 주면 좋지 뭐…….

우리는 발걸음을 재촉했어.

"좋은 소식과 나쁜 소식이 있는데 뭐 먼저 들을래?"

도렐리가 물었어.

또 고르는 거네. 늘 골라야 해. 하지만 이번에는 주저하지 않았어.

"나쁜 소식 먼저. 다음에 좋은 소식으로 위로 받을래."

"카를이 자라랑 영화관에 갔대."

"어떻게 알아?"

"아가트가 봤대."

"그리고?"

"둘이 손도 잡았대."

나는 미소를 지었지만, 실은 거의 죽을 것 같아. 이건 어떤 좋은 소식으로도 덮을 수 없을 거야. 카를은 내가 '인생의 남자'라고 부르는 애야. 나의 머리와 몸, 나의 밤과 낮을 온통 차지하고 있지. 물론 내 생각 속에만 있을 뿐이야. 걔는 전혀 몰라.

자라! 얘는 이럴 때 필요해. 만약 누군가를 맹렬하게 헐뜯고 싶다면? 자라가 있어! 만약 마음에 들지 않는 생명체를 쿵쿵 짓밟고 싶다면? 자라를 찾아 줘! 세상의 모든 죄를 홀라당 뒤집어씌울 희생양을 찾는다면? 자라가 딱이지! 얘는 그러라고 있는 애야! 왜냐하면 자라는 나의 천적이거든. 얜 진짜 진짜 독사야.

솔직히 말하면 소름 끼치게 싫어. 얘는 남자애들 앞에서는 예쁜 척 하고, 선생님들 앞에서는 얌전한 척하고, 다른 여자애들은 모조리 깔봐. 날씬하고 키가 큰 데다, 허리는 잘록하고 다리도 길어.

22

가슴도 커. 머릿결은 비단처럼 윤기가 자르르 흐르고, 수영장에서 나와도 마치 미용실에서 나온 것 같지. 화장은 반 여자애들 가운데 제일 잘하는데, 하도 자연스러워서 화장한 티가 나지 않아. 옷은 죄다 명품이야. 걸어 다니는 광고나 다름없지. 자라, 애는 아무 때나 단체 사진을 찍어도 상관없을 정도로 늘 준비가 되어 있어.

어떻게 카를처럼 똑똑하고 감수성이 예민한 남자애가 자라랑 손을 잡을 수 있지? 내 손은 유치원 때부터 기다리고 있는데 말이야…….

난 좋은 소식을 듣고 싶은 마음이 싹 사라졌어. 차라리 이 불행을 곱씹고 눈물을 쏟으며 슬픔에 잠기고 싶어.

다행히 종이 울렸어. 감정에 낭비할 시간이 더 이상 없어. 그렇지만 내 감정들은 내 심장의 빨랫줄에 걸려서 다 보이게 드러났어.

나는 미소를 지으려고 애를 썼지만, 그 미소는 눈물이 되려고 했어. 나는 화장실에 들러 내 멋지고 깨끗한 머리를 다시 매만지는데, 조그만 거울 속에서 자라가 나타나더니 내게 빗을 내미는 거야.

"자, 빗어. 사진 찍어야지. 너 꼭 샤이오의 광녀 같아."

나는 거절하지 못하고 빗을 받아 빗었어. 그러자 내 머리카락이 두개골에 찰싹 들러붙는 게 아니겠어! 빗에 끈적끈적한 물질이 묻어 있었던 거야.

엉덩이를 걷어찰까, 아니면 따귀를 날릴까?

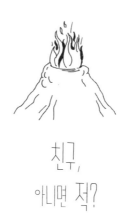

친구,
아니면 적?

"너 머리가 왜 그래? 기름통이라도 쏟아졌어?"

도렐리가 놀라 물었어.

도렐리는 내가 거의 모든 것을 털어 놓는 베프야. 쌍둥이 자매로 여길 만큼 친하다고. 심지어 나랑 같이 있지 않아도 나는 도렐리에게 이야기해. 지금처럼 말이야. 그러니까 걘 진짜 존재하는 친구이자, 상상의 친구이기도 해.

나쁜 소식을 전하는 친구의 장난스러운 눈길을 보니 좋은 소식은 꿀꺽 삼켜 버린 것 같아. 나의 베프는 용암이 쏟아지는 에트나

산(주 - 이탈리아 시칠리아 동부에 있는 활화산)처럼 눈물을 흘리는 나를 구경하는 것이 재밌나봐.

도렐리는 가짜 친구인 걸까? 내가 초대받지 못한 파티에 다녀올 때마다 개는 늘 '내 인생 최고로 멋진 파티였어.'라고 말하고, 우리가 같이 간 파티는 죄다 별로라고 해. 어떻게 그럴 수 있지?

게다가 왜 내가 미술관에 가자고 할 때마다(나는 미술관에 가는 걸 정말 좋아해!) 아가트와 쇼핑 가기로 했다고 할까? 확실히 도렐리는 미술관을 따분해 해. 하지만 나는 쇼핑이 귀찮아도 같이 간단 말이야. 도렐리랑 같이 있는 게 좋으니까.

도렐리는 험담을 잘해. 마치 소문으로 먹고 사는 애 같아. 내가 없을 때, 도렐리가 나에 대해 뭐라고 말할지 누가 알아?

그리고 왜 지금 자라에게 우리 옆에 와서 앉으라고 하는 걸까?

나만큼이나 자라를 싫어하면서 말이야. 왜 내 남자를 훔치고, 내 머리 모양을 망가뜨린 이 못된 독사의 승리를 나에게 견디라고 하는 거지?

도렐리는 친구인 척하는 적인 걸까?

할머니가 말했어.

"만인의 친구인 사람은 아무하고도 친구가 아니야."

또 이런 말도 했어.

"오래 사귄 친구 한 명이 새 친구 두 명만큼의 가치가 있어."

나는 뜬금없이 배고프다는 말밖에 못했어.

우리 반 단체 사진에서는 나를 못 찾을 수가 없을 거야. 머리에 올리브유를 잔뜩 바른 애가 나니까. 차마 웃지 못하고 인상을 팍 쓴 애가 나니까.

입속,
아니면 쓰레기통?

내 접시에 누텔라 도넛이 놓여 있어. 도렐리는 자기 몫의 도넛을 우적우적 먹지만, 나는 여전히 입에 대지 않고 있어. 도렐리는 콤플렉스가 전혀 없어. 살찐 게 뭐 잘못인가? 왜 한심한 유행 때문에 좋은 것들을 포기해야 해? 이 삶이 우리에게 선물한 모든 것을 누리려고 사는 거 아닌가?

나는 살 때문에 도넛을 안 먹고 있는 게 아니야. 그저 건강과 자연을 떠받드는 엄마에게 세뇌를 당했을 뿐이야. 엄마 눈에는 누텔라가 악의 화신이거든.

도렐리는 계속 도넛을 쩝쩝 먹어 댔고, 급기야 도넛 한가운데에 있는 누텔라가 턱으로 주르르 흘러내렸어. 도렐리의 턱을 핥고 싶네.

당연히 자라는 이런 기분 좋은 음식을 거들떠보지도 않지!

먹지 않고 그대로 둔다면, 내 도넛은 결국 쓰레기통에 버려지겠지? 누군가가 밀가루로 도넛을 만들었어. 밀가루를 섞고, 반죽하고, 동그랗게 만들었지. 이 사람보다 앞선 누군가는 땅을 경작해서 밀을 키웠고 말이야. 누텔라에 들어간 재료에 대해서는…… 말하지 않는 게 나아.

"다 먹었니?"

급식 선생님이 물었어.

나는 마지막으로 접시를 쳐다봤어. 깊이 고민할 것도 없었지. 도넛은 바로 내 입속으로 들어갔어.

오늘은 두말할 것 없이 힘든 하루야. 이 도넛 덕분에 좀 나아지려나?

결석,
아니면 출석?

나는 오염된 기분이 들어. 배 속에 있는 누텔라 도넛이 묵직하게 느껴져. 이럴 줄 알았지만, 이런 악마의 유혹을 어떻게 뿌리치겠어?

나를 좋게 봐 주는 선생님이 있다면, 바로 프랑스어를 가르치는 로랑 선생님이야. 선생님은 수업할 때마다 내 작문 숙제를 읽으면서 시작해.

나는 훌륭하고 성실하고 부지런한 학생이야. 지금으로써는 나중에 돈을 벌기 위해서 필요한 기술(읽기와 쓰기)을 최대한 많이 배울 수 있는 곳이 학교라고 확신해.

할머니가 내게 자주 하는 말이 있어.

"시간을 들여서 가르치면, 곰도 춤출 수 있단다."

나는 엄마가 자신의 엄마와 딸을 먹여 살리기 위해 얼마나 힘들게 일하는지 알아. 내 목표는 즐겁게 돈을 버는 거야. 다행히 방법을 찾았어. 난 글을 쓰고 싶어. 단어와 문장, 그 속에 숨겨진 비밀을 밝히는 줄로 공책을 가득 채우고 싶어. 작가가 되는데 학위 따위는 필요 없어. 의사나 변호사, 선생님이 되는 것과 달라. 지금 당장 학교를 그만둬도 꿈을 이룰 수 있을 거야.

그런데 글을 쓰면서 정말로 돈을 벌 수 있을까? 우리 집은 늘 돈이 없었기 때문에 돈은 늘 제일 중요했어. 충분히 돈을 버는 것은 엄마와 할머니에게 투쟁과도 같아. 나는 아주 작은 것 하나를 사려고 해도 돈 달라는 말을 하기 전에 몇 시간씩 끙끙 고민해. 심지어 속옷을 살 때도 말이야!

지금 우리는 프랑스어 교실로 가고 있어. 여기서 우리는 도렐

리와 보기 싫은 자라, 그리고 나야. 카를은 저 멀리 앞에 있어. 어떻게 내 머릿속에 악마가 들어왔는지 모르겠지만, 나는 무도회를 빠져나가는 신데렐라처럼 무리에서 떨어져 나와 학교 밖으로 나가려고 걸음을 늦췄어. 자라 때문에 의욕이 떨어지고, 반 사진 때문에 기운이 다 빠져 버렸거든. 난 다시 머리를 감으러 집에 가고 싶어. 그리고 복수하고 싶어!

집에 갈 수 있지만, 할머니가 날 가만 두지 않을 거야. 온종일 글을 쓰며 시간을 보내고 싶은데, 할머니는 작가가 되려는 내 계획에 반대해. 단어 하나로도 전쟁을 일으킬 수 있다고 주장하면서 말이야. 그래서 나는 안네 프랑크의 말을 인용했어.

"저는 글을 쓸 때 모든 것으로부터 벗어날 수 있어요. 슬픔은 사라지고, 용기가 솟아오르지요."

다른 작가들처럼 카페에서 글을 쓸 수도 있겠지만, 나는 오르세

미술관에 갈 거야. 어렸을 때 할머니와 미술관에

가는 게 큰 소풍이었어. 할머니는 내가 걸음마

를 떼자마자, 루브르 박물관과 오르

세 미술관 중에서 가고 싶은 곳

을 고르게 했어. 미술관은

내 놀이터가 되었지. 또래

아이들이 미끄럼틀을 타거나 모래밭에서 놀 때, 나는 벽에 걸린

사각형 속 색채를 봤거든.

할머니는 나의 열세 번째 생일에 내 인생에서 가장 아름다운 선

물을 줬어. 줄을 서지 않고 미술관에 들어갈 수 있는 연간 이용권

이야.

오늘 미술관에 가면 한 바퀴 빙 둘러보면서 '오늘의 요리'처럼

'오늘의 그림'을 찾을 거야. 르누아르와 드가, 모네, 반 고흐의 작

품 가운데 어떤 그림이 될까?

할머니는 그림은 그렇게 좋아하면서 왜 글은 반대할까? 그러고 보니 할머니가 책을 들고 있는 모습을 한 번도 본 적이 없어. 사람이 어떻게 책 없이 살 수 있지?

교문을 나서자마자, 내 이름을 외치는 소리가 들렸어. 돌아보니 도렐리가 달려오고 있었어.

"좋은 소식을 깜빡했어!"

도렐리는 내가 마치 가출하는 사람인 양, 내 팔을 꽉 붙들면서 말했어.

미술관에 가기는 틀렸네.

과연 도렐리는 나를 걱정하기는 하는 걸까?

일상, 아니면 모험?

나는 하교할 때마다 색다른 건물이나 처음 보는 상점, 새로운 얼굴을 발견하려고 가 보지 않은 길로 가려고 해.

비가 오면 '버스를 탈까, 지하철을 탈까?' 하는 고민을 하지. '좀 돌아다닐까, 집에 뛰어갈까?' 이런 고민도 하고. 집에는 숙제와 책 더미가 대기 중이고, 온종일 홀로 집을 지키며 나와 말할 시간만 기다리는 할머니가 있어.

오늘은 내 두 발이 정할 거야. 나는 일상을 벗어나 모험을 떠나고 싶지만, 내 두 발은 보수적이라서 일상의 습관을 따라 가.

내 두 발은 나처럼 융통성이 부족해. 어쨌든 나는 눈을 들어 활기찬 대로를 바라보기보다 땅을 내려다보며 걷고 싶어. 좋은 소식을 소화시키고 싶거든.

첫째, 도렐리는 어디에서 이 좋은 소식을 들었는지 알려 주지 않으려고 했어. 그러나 난 도렐리 엄마가 로랑 선생님과 같은 대학을 다녔고, 지금도 친하다는 걸 알아.

나는 좌우를 살피지 않고 포부르 몽마르트르 거리로 들어섰어. 들판에 있는 암소처럼 좋은 소식을 되새김질했지. 암소는 귀찮게 달라붙는 파리 떼 이외에 무슨 생각을 할까?

난 내가 무슨 생각을 하는지조차 모르겠어. 머릿속이 온통 뒤죽박죽이야. 할아버지에 대한 질문도 있어. 왜

엄마와 할머니, 증조할머니 모두 자식을 한 명밖에 낳지 않았을까? 둘째가 생기도록 남편들과 오래 살지, 왜 그러지 않았을까?

암소 같은 내 머릿속을 정리해 보자. 난 좋은 소식에 관심이 없어. 무감각해. 그게 좋은 소식이라고? 설마! 그런데 동시에 기분이 좋기도 해. 내 찬란한 미래를 향해 한걸음 더 나아가는 것이니까. 사람은 늘 자신이 원하는 것을 정확히 잘 몰라.

프랑스어 선생님은 늦게 온 우리를 용서해 줬어. 혼자만의 착각일지도 모르지만 선생님은 내가 있어야 편한 게 틀림없어. 나를 이상적인 대화 상대로 보는 것 같아.

로랑 선생님은 두 번째 작문 수업부터 나한테 반했어. 사랑 고백과도 같은 말을 했거든.

"누가 도와줬니?"

누가 날 도와줘? 일 년에 두 번 보는 아빠가? 문맹이나 다름없는 할머니가? 늘 직장과 집, 지출, 자기 엄마에게 시달리는 엄마가? 엄마는 내게 자주 이렇게 말해.

"적어도 너 때문에 걱정할 일은 없어서 다행이야."

정말 그럴까…….

사교적,
아니면 비사교적?

매번 똑같은 길로만 다닌다면 결코 내가 사는 곳을 잘 알 수 없을 거야. 나는 모험심은 없어. 하지만 그게 없다면, 좋은 작가가 될 수 있을까?

학교가 끝나고 집에 가면 할머니가 현관에 나와 있어. 오늘 할머니는 TV 드라마의 마지막 회 얘기를 했어. 나는 이 드라마에 나오는 등장인물들을 마치 우리 가족인 양 속속들이 다 알아. 내가 학교에 있을 때 방송을 하니 망정이지, 아니었다면 큰일 날 뻔했어. 이 드라마는 한 번 빠지면 헤어 나올 수 없는 마약 같거든. 특히 할머니 입으로 듣는 드라마 이야기는 직접 보는 것보다 더 흥미진진해. 할머니의 입을 거치면 무엇이든 문학 작품이 되지. 어쩌면 할머니는 자신의 삶을 얘기하지 않으려고 내게 드라마 주인공의 삶을 얘기하는 건 아닐까?

"할머니, 이 드라마도 누가 쓴 거잖아요! 제가 작가가 되면 언젠가 이런 걸 쓸지도 몰라요."

"작가들은 미친 사람들이야."

할머니는 이렇게 말하며 모든 말씨름을 피해. 난 할머니가 곧 피할 수 없는 질문을 할 거란 걸 알아.

"이제는 네가 얘기해 봐라. 너의 하루는 어땠니?"

할머니는 이렇게 말하고는 차에 설탕 한 조각을 넣었어.

"너는 '좋은 기분' 차와 '삶의 기쁨' 차 중에서 뭘 마실래?"

할머니는 스위스에서 친구가 사다 준 차 상자들을 가리키면서 물었어.

"좋은 기분이 소극적이고 삶의 기쁨이 적극적이라고 한다면, 전 좋은 기분을 고를래요."

할머니는 대뜸 반대했어.

"넌 오히려 삶의 기쁨이 필요할 것 같은데. 피곤해 보여."

이럴 거면 왜 나한테 고르라고 한 걸까?

　나는 내 의견을 말했어.

　"학교에 다녀오면 늘 피곤해요. 저는 그냥 늘 피곤해요. 금방 지치는 애예요, 할머니."

　"코끼리는 코가 길고 무거워도 지치지 않아."

　대단해! 할머니는 모든 경우에 딱딱 맞는 말을 해. 그러면 오늘 나를 지치게 한 코끼리 코는 어떤 것일까? 나쁜 소식, 아니면 좋은 소식? 할머니에게 좋은 소식을 말하려는 순간, 느닷없이 엄마가 문을 쾅 닫으면서 집에 들어왔어.

　엄마는 퇴근한 뒤에 중요한 메일을 받으면 곧장 컴퓨터로 달려가. 엄마는 휴대 전화로 인터넷을 하지 않거든. 이것도 엄마의 철칙 중 하나야. 그리고 엄마는 으레 할머니가 맛있는 저녁을 차려 놓았을 것이라고 생각해.

　엄마가 미소를 띠며 부엌으로 들어왔어. 그러나 내 눈에는 녹초가 된 것 같아. 엄마부터 딸까지, 우린 피곤해. 그나마 할머니라도 생생해서 다행이야.

　"좋은 소식이 있어!"

　엄마가 말했어.

40

부엌,
아니면 거실?

나는 할머니와 얘기하느라 숙제도 하지 않고 일기도 쓰지 않고 옷도 갈아입지 않은 상태였어.

"나갈 거니?"

엄마가 물었어.

"아니요. 저도 막 들어왔어요."

나는 부엌에서 풍기는 아늑하고 친밀한 느낌이 좋아. 이곳에서 위로와 용기, 우리 삶에 의욕을 주는 음식들이 탄생하잖아. 나는 이런 실험실 같은 분위기에서 주위를 감도는 향을 맡으며 먹는 게 좋아. 그리고 우리 삼 대, 나에게 유전자를 나눠 준 이 두 여인들이 좋아. 비록 돌아가면서 나를 열받게 해도 말이야.

할머니는 저녁 식사를 부엌과 거실 중 어디에서 하고 싶은지 물었어. 나는 부엌을 선택하려고 했는데, 엄마가 좋은 소식이 있는 날 저녁은 거실에서 식탁보를 깔고 예쁜 접시에 먹어야 한다고 결정해 버렸어. 어려운 선택은 다른 사람이 대신 해 주는 게 좋기 때문에(늘 그런 건 아니지만……), 나는 그대로 따랐어.

우리는 폴란드식 고기만두, 피에로기가 놓인 각자의 접시 앞에 앉았어. 마치 증조할머니의 조국인 폴란드에 와 있는 것 같아. 내가 침묵을 깨며 물었어.

"엄마, 좋은 소식이 뭐예요?"

"이번 주말에 아빠가 널 런던에 데려 간대."

사실 런던 여행은 아주 좋은 소식이야. 하지만 새 여자를 만나

42

얼은 아기들 때문에 딸을 버렸던 아빠가 왜 갑자기 호의적으로 나오는 걸까? 9개월 동안 소식 한 번 없었는데. 나도 다 잊고 있었어.

"갑자기 왜요?"

"몰라. 조금 전에 전화가 와서 너한테 물어봐 달래. 솔직히 나는 좋아. 왜냐하면 두 번째 좋은 소식이 있거든. 나, 남자 친구가 생겼어."

여자들만 사는 우리 집에 남자가 이사 오는 게 벌써 머릿속에 그려져. 차라리 여자를 사귀지. 남자는 불편해.

엄마의 긴 독백이 이어졌어. 어떻게 만났고, 어떤 사람인지, 장점과 외모에 대해 주절주절 늘어놓았어.

"딱 십 분 동안 커피를 마셨을 뿐인데, 토요일 저녁에 레스토랑에서 만나자고 데이트 신청을 했어."

시간은 착각을 일으키고, 고무줄처럼 탄력적이야. 엄마가 남친과 카페에서 보낸 십 분은 벌써 영원이나 다름없었나 봐.

나는 무의식적으로 내 손목을 보다가 늘 차던 손목시계가 없다는 걸 알았어. 잃어버렸나?

이제 많든 적든 나에게 좋은 소식이 오기는

43

틀려 버렸어.

내가 좋아하는 부엌 밖에 있으니 뿌리째 뽑힌 기분이 들어. 거
실은 마치 다른 나라 같아.

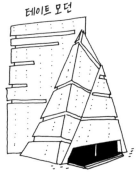

테이트 모던

시계는 없지만 내 마음은 벌써 런던
에 있어. 뮤지컬을 볼까? 아니면 테이
트 모던 미술관에 갈까?

든든한 아빠,
아니면 친구 같은 아빠?

엄마는 딱 마흔여섯 살 자기 나이로 보이는 반면에 아빠는 스물여섯 살 정도로 밖에 보이지 않아. 실제 나이는 마흔여덟 살이지만. 아빠는 장발에 청바지는 허리춤에 걸쳐 입고 60년대 유행하던 슬로건이 적힌 티셔츠를 입어. 영원히 나이 먹지 않는 청년이야.

아빠는 일 년에 두세 번, 아버지로서의 책임감이 생각나면 내게 이렇게 물어봐.

"동물원에 갈래, 아니면 놀이공원에 갈래?"

아빠는 내가 쉰 살이 되어도 침팬지를 보러 가자거나 대관람차

아니면

를 타러 가자고 할 거야.

직업이 애니메이션을 제작하는 그래픽 디자이너라서 젊음을 유지하는 걸지도 몰라. 아니면 자신을 훤히 알아 악악거리는 늙은 여자를 자신에 대해 환상을 품은 젊은 여자와 맞바꿔서 그런 걸지도 모르고. 아빠도 자랄 때 친아버지가 없었대. 그래서 아버지가 되는 법을 모르는 걸까?

우리는 일 년에 두어 번, 대체로 즐겁게 만나. 난 오래 전부터 아빠에게 아무런 기대도 하지 않고, 아무런 원망도 품고 있지 않기 때문이야. 아빠는 아빠일 뿐이야. 나는 모든 헤어짐의 잘못은 양쪽 모두에게 있다고 생각해. 손뼉도 마주쳐야 소리가 나는 법이 잖아.

엄마는 엄마고, 아빠는 아빠야. 엄마와 아빠는 영원히 만날 수 없는 평행선과 같아. 나는 내가 이혼 가정의 아이란 사실을 비극적으로 받아들이지 않아. 나는 집이 있고, 침대가 있고, 외할머니가 있고, 엄마가 있고, 이따금 만나는 아빠 같은 사람이 있으니까. 아침부터 밤까지 격렬하게 싸우는 두 어른과 사는 것보다는 나아.

스위스 손목시계를 잃어버린 나에게 할머니는 남성용 스위스 명품 시계를 줬어. 또 스위스야. 할아버지 시계냐고 물었더니 그렇다고 고개만 끄덕였어.

할머니는 화제를 돌리려고 곧장 이렇게 말했어.

"잃어버리지 마라! 엄청난 값어치를 지닌 거야."

아빠는 양팔에 아기를 한 명씩 안고서 약속한 플랫폼 끝에 있었어. 아빠는 악악 울어 대고 침을 질질 흘리는 아기 하나를 내게 안기고는 뒤적뒤적 기차표를 찾았어.

"카트린 아줌마는요?"

"못 와. 주말은 온전히 우리 거야."

아기들은 각각 한 살과 두 살이야. 이름은 밥과 빌이야. 성은 나처럼 보네. 코흘리개 남동생들이야. 침뿐 아니라 주전자 주둥이처럼 콧물도 줄줄 흘리거든.

"오페어(주 - 외국어 공부를 목적으로 현지 가정에 입주해 아이들을 돌보고 그 대가로 숙식과 급여를 받는 외국인 학생)는요?"

나는 머뭇거리며 물었어.

"방학! 난 런던에서 중요한 미팅, 넌 육아와 영어 연수. 괜찮지?"

아빠는 신경 쓸 게 너무 많아서 제대로 된 문장으로 말하는 게 어려운가 봐!

우리는 줄을 서고 세관을 통과하고 출발 시간에 임박해서 기차를 탔어. 돌아가기에는 이미 늦었어. 내 품에서 바동거리는 이 동물을 안고서는 말이야.

아무튼 아빠가 런던에 같이 가자고 한 것은 이타주의와 선의에서 나온 표현은 아니었어…….

아빠는 오늘 눈에 띄게 늙어 보였어.

그리고 나의 단정한 머리나 공들인 옷차림은 전혀 알아보지 못하고, 눈이 튀어나올 듯이 내 시계를 쳐다보며 외쳤지.

"그 비싼 시계는 도대체 어디서 난 거니?"

침묵,
아니면 죽음?

다시 집으로 돌아온 나는 엉켜서 끊어지기 일보 직전인 그물과도 같은 내 신경 상태를 숨길 수가 없었어.

나에게 아무 말도 말아 줘요, 제발! 아니, 나에게 말을 걸어 줘요, 제발!

엄마와 할머니는 뱀파이어들처럼 내 주위를 뱅뱅 맴돌았어. 내가 런던에서 얼마나 멋진 주말을 보냈는지 듣고 싶어해. 나도 엄마와 할머니를 만족시키고 싶어. 그래야 트라우마에서는 벗어날 수 있을 테니까.

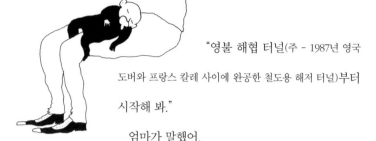

"영불 해협 터널(주 - 1987년 영국 도버와 프랑스 칼레 사이에 완공한 철도용 해저 터널)부터 시작해 봐."

엄마가 말했어.

"밥은 제 무릎에, 빌은 아빠 무릎에 앉았어요. 아빠는 운이 좋았어요. 빌은 금세 잠들었는데, 밥은 토하기 시작했거든요……. 제 무릎에요! 그리고 똥도 쌌어요."

"걔들 엄마는?"

할머니가 물었어.

"오지 않았어요! 생각 잘한 거예요! 저도 그랬어야 했는데."

"오페어는?"

"바로 엄마 앞에 있잖아요! 젊은 시절의 여행은 깨달음을 주나 봐요. 전 이번 기회를 통해 중요한 결정을 내렸어요."

"아, 그래? 어떤 결정?"

"전 절대로 아이를 갖지 않을 거예요."

엄마와 할머니가 미처 반응하기 전에 전화가 왔어. 도렐리야.

"가족들에게 좋은 소식을 알렸어?"

사실 난 그 얘기를 아무에게도 말하지 않았어. 내가 누구에게 말할 수 있었겠어? 미팅으로 바쁜 아빠에게? 몬스터 베이비들에게? 자기 세상에 사는 엄마에게? 할머니는 알게 되면 너무 자랑스러워 해서 내가 불편할 것 같은데, 그런 할머니에게? 이야기를 하려면 들을 귀가 준비되어야 해. 그런데 나는 가까운 사람들에게서 들을 귀를 찾지 못했어.

"아직 안 했어! 주말에 런던에 있었잖아."

나는 주말 내내 살아남기만을 간절히 빌던 애가 아니라 유럽의 도시들을 자주 여행 다니는 부자인 양 말했어.

"런던? 부럽다! 거기 가 보는 게 내 꿈인데. 그래서 전화 안 받았구나!"

"빗속에 갓난아기 둘 데리고 산책하고 5분마다 기저귀 갈아 주고 악악 소리를 지를 때마다 달래 줘야 해서, 너라도 있으면 좋겠다고 생각했어."

"걔들 엄마는?"

"이틀 동안 내가 엄마였어."

"아빠는?"

"영국 사람들과 미팅. 내 생각에

는 아빠가 그 새 여자와 싸우고 홧김에

애들만 데려온 것 같은데, 그 여자 좋은 일만 시켜 준 셈이지."

"그래도 런던 구경은 했지?"

"여왕은 봤어……."

"대박!"

"……텔레비전에서. 악악대는 두 몬스터들이랑."

"빅벤은?"

"내 호텔 방의 사방 벽밖에 못 봤어."

"아침 식사는?"

"크럼핏(주 - 영국에서 아침식사로 주로 먹는 메밀 팬케이크)도, 스콘도 못 먹었어!"

"뭐야, 왜 간 거야?"

"진짜 힘들었어! 그렇지만 다시 가고 싶어. 런던은 진짜로 매력이 있어. 우리끼리 가야 해……."

"네가 우승하면 날 여행시켜 줄 수 있잖아!"

내가 실수로 스피커 버튼을 누르는 바람에 엄마와 할머니의 귀와 눈이 커졌어.

"네가 우승하면? 무슨 얘기니?"

엄마와 할머니가 한 목소리로 노래했어.

나의 런던 이야기는 잊혔어. 내 속은 풀리지 않았는데 말이야. 난 엄마가 왜 아빠랑 사는 게 힘들었는지 알 것 같아. 여전히 할머니의 결혼에 대해서는 하나도 몰라. 그냥 다짜고짜 물어볼까?

그러나 엄마는 내 기를 살려주기커녕 내 손목을 먼저 보고 소리쳤어.

"얘한테 이 시계를 줬어요?"

귀, 아니면 입?

드디어 엄마와 할머니가 좋은 소식을 들을 준비가 된 것 같아.

"도렐리가 별것도 아닌 일에 호들갑이에요."

내가 먼저 말했어.

"그게 뭔데?"

"프랑스어 선생님이 글쓰기 대회에 내보낼 학생 두 명을 뽑았어요. 대회라고 하기는 좀 뭣하지만요."

"네가 뽑혔어?"

엄마가 물었어.

"놀랄 일도 아니네!"

할머니가 말했어.

이어서 엄마가 물었어.

"무슨 대회니?"

"저도 정확히 몰라요. 선생님 말씀이, 청소년들에게 글쓰기를 장려하는 후원자가 계신데 그분이 도빌에 있는 자기 저택에 학생들을 초대해서 주말 동안 대회를 치른대요. 비용은 모두 지원해 주고요. 우승자한테는 상금을 5천 유로나 준대요. 대회 이름이 '미래의 작가'인가 뭐 그런 거예요."

"환상적이야! 네 아빠가 좋아하겠네. 아빠에게 말했니? 넌 네 아빠의 창의력을 물려받은 것 같아."

미래의 작가

할머니가 큰 소리로 말했어.

"그럴 틈이 없었어요. 래퍼 같은 아기들과 너무 재밌게 노느라고요. 전 한마디도 못 꺼냈어요."

"대회는 언제니?"

"만성절 방학(주 - 그리스도교의

성인들을 기념하는 날인 11월 1일 전후에 있는 방학)에 열려요."

"어디서?"

"아까 말했잖아요. 도빌이요. 기차로 갈 수 있어요."

"모두 몇 명이 참가해?"

"몰라요. 많을 것 같아요."

"우승하면 상금으로 뭐 할 거니?"

할머니는 내가 이미 우승한 것처럼 물었어. 작가가 되는 건 관심이 없지만, 돈은 달라.

"달나라 여행 보내 드릴게요!"

"너무 멀다."

"그러면 어디가 좋으세요?"

"프라하. 난 늘 프라하에 가고 싶었어."

"또 다른 학생은 누구니? 도렐리니?"

엄마가 끼어들었어.

"카를이요."

"유치원 때 꼬맹이 카를?"

"지금은 컸어요."

청바지,
아니면 치마?

아무렇지 않게 털어놓고 나니 이번 대회가 일종의 현실, 매력, 권위가 됐어. 나는 주말 런던 여행으로 얹혔던 속이 좀 풀렸고, 엄마와 할머니는 새삼스레 날 존중하는 듯한 태도를 취했어. 물론 내가 훌륭한 학생이란 건 이미 알고 있지.

좋은 소식이 발표된 뒤로 카를이 날 쳐다보는 것 같아. 도렐리가 그랬어. 하지만 나는 확인할 용기가 나지 않았어. 카를이 있으면 나는 이상하게도 부끄러워져. 까딱 실수라도 하면 끝장이야. 그래도 카를의 눈길(손길도 원해!)이 나를 향한다고 의심하는 순간부터, 나는 옷차림에 좀 더 신경을 썼어. 다시 말해서 좀 더 고민했지. 옷장을 뒤지고, 서랍들을 다 열었어. 학교 가기 전까지 바지 세 벌, 치마 두 벌, 심지어 원피스까지 입어 봤어. 자유분방한 히피

스타일과 우아한 스타일, 클래식한 스타일과 과감한 스타일, 격식 있는 스타일과 편한 스타일 사이에서 고민했어. 전날과 전전날, 지난주와 지난달에 입었던 옷을 다시 다르게 입어봤어. 하지만 셰익스피어의 희극 제목처럼 헛소동이었어. 별 소득이 없었어. 그나마 할아버지의 시계가 있어서 내 남루한 차림이 좀 우아해 보여.

카를은 내가 늘 같은 옷을 입는다는 걸 눈치챘을까? 내 옷은 내 피부와 같아. 그래서 매일 바꾸지 않는 거야. 청바지 두 벌과 티셔츠 네 장을 번갈아 가며 입지. 이렇게 입는 게 편하거든. 내게는 이 옷들이 마치 손에서 놓지 못하는 오래된 애착 인형과도 같아.

난 학교에서 돌아오자마자 할머니가 차

카를의
애착 인형

한 잔을 주면서 포장된 상자를 내밀어서 곧장 뜯어봤어.

"대회에 갈 때 입고 가렴."

그건 옷이었어.

제인 오스틴(주 - 18세기 영국 소설가.

가난하지만 명민하고 생기발랄한 여주인공

들이 고난 끝에 행복한 결혼을 하는 줄거리로 연애 소설의 전형을 만들었다.)

이라면 19세기로 거슬러 올라간 듯한 이 묵직하고 조각 같은 드

레스를 좋아했을지 몰라. 허리는 잘록하고 치마는 사방으로 퍼지

고, 길이는 장딴지 중간까지 내려왔어.

"할머니…… 최신 유행이네요."

나는 할머니가 기분 나쁘지 않게 어떤 시대의 유행인지 정확히

말하지 않았어.

"그런데 이 드레스를 가져가려면 트렁크가 있어야 하겠어요. 드

레스는 어디서 찾으셨어요?"

"빈티지 옷 가게에서. 그런데 네 말이 맞아. 드레스가 무거워.

나도 들고 오면서 알았어."

"정말 고마워요. 할머니. 그런데 우리는 글솜씨로 평가를 받는

거지 옷차림은 아닐 거예요."

"그래, 네 말이 맞아.
미련한 사람들은 옷을
보고, 지혜로운 사람들은
영혼을 보지. 그래도 언젠가는 네가 좋아할만
한 것을 사 주는 데 성공하고 싶구나."

"그럼 같이 갈까요?"

내가 차를 마셔서 기분이 좋아졌나봐. 쇼핑

하기? 할머니와 쇼핑하기? 그런 헌 옷 더미에서? 그중에서 하나

를 고른다고? 끔찍해!

나는 동화 〈당나귀 공주〉에 나오는 착한 요정이 필요해.

"할머니는 할아버지와 쇼핑한 적이 있으세요?"

나는 늘 할머니에게 할아버지에 대해 말하게 할 거리를 찾지만,

헛수고야.

친절,
아니면 카리스마?

쇼핑은 당장 가는 게 아니니 그나마 안심이야. 할머니는 세상을 떠난 남편 얘기가 나오면 입을 다물어. 엄마도 자신의 아버지를 나쁘게 말하기보다 침묵하는 편을 택해. 난 그 점을 고맙게 생각해. 결혼에는 실패해도, 이혼에는 성공할 수 있어. 할머니가 자주 하는 말이 있지.

"좋지 않은 결혼이라고 해도, 좋은 자식을 낳을 수 있어."

할머니도 이혼한 걸까? 아니면 할아버지를 일찍 저세상으로 떠나보낸 걸까? 엄마는 친아버지에 대해 전혀 몰라.

엄마는 백마 탄 왕자를 만난 뒤로 작은 구름 위에 있어. 늘 시달리던 스트레스에서 벗어난 것 같아. 그러니까 사랑은 모든 걸 바꾼다는 노래 가사는 사실이었어. 좋은 책도 모든 걸 달라지게 하지.

나는 엄마가 아빠와 살 때 어땠는지 기억이 잘 나지 않지만, 늘 히스테리를 부린 건 기억이 나. 소리치며 많이 운 것 같아. 이혼한 뒤로는 할머니가 우리 집에 와서 살게 됐고, 아빠가 감당 못하던 힘쓰는 일을 모두 도맡아 해. 그래서 엄마는 안심할 수 있었어. 회사에서 마음 편히 일하고 우리를 위해 생계를 꾸릴 수 있었지. 일종의 균형은 얻었지만 외로움이 항상 엄마를 따라다녔어.

지금은 온통 위베르 아저씨 얘기뿐이야. 이럴 때도 위베르, 저럴 때도 위베르, 위베르가 말했어, 위베르가 날 여기에 데려갔어, 위베르가 회사에 날 데리러 왔어, 위베르는 멋져, 위베르는……

이 위베르란 사람이 정말로 존재하기는 하는 걸까?

알게 되겠지. 오늘 저녁에 바로 알게 될 거야. 위베르 아저씨가 우리 집에 오거든. 할머니는 가장 근사한 저녁 식사를 준비하기 위해 냄비란 냄비는 다 꺼냈어. 나는 일본식으로 냅킨을 접고, 왕의 만찬 같이 식탁을 차렸어. 할머니는 빈티지라고 부르지만 나는 헌 옷이라고 부르는, 할머니가 사다 준 19세기 드레스까지 꺼내 입을 용기를 냈어. 꼴이 아주 우스워.

그런데 맙소사! 현관에서 엄마 뒤를 따라 들어오는 남자는 완전 아니었어. 산타클로스에게나 어울리는 흰 수염이 난 점잖은 할아버지인 거야. 이 아저씨는 엄마의 아버지도 아니고 할아버지로 보일 정도로 무척 나이 들어 보였어! 혹시 엄마는 애인이 아니라 한 번도 보지 못한 아버지나 할아버지의 존재를 찾았던 걸까?

아저씨는 아저씨였어. 왜냐하면 수줍어하고 어색해 하고 말이 없고 등이 구부정하고 안절부절못했거든. 그러나 내 시계를 보자 이렇게 말했어.

"이 시계는 확실히 명품이지."

왜 다들 이 시계부터 볼까?

난 아빠가 생각났어. 아빠는 아주 무책임하지만, 젊고 사랑스럽고 잘생기고 재치와 활력이 넘치는 사람이야. 난 엄마가 아빠와 비슷한 남자를, 거기에 카리스마까지 갖춘 남자를 데려올 줄 알았어. 그런데 아빠와 엄마의 남자 친구 사이에 공통점이 있다면 시계를 좀 안다는 것뿐이야.

그러나 이 위베르 아저씨한테는 친절한 무언가가 있어서, 불꽃이 팍팍 튀는 우리 집에 평온한 분위기를 가져왔어. 아저씨는 천천히, 적게 말했어. 아저씨는 천천히, 많이 먹었어. 아저씨는 미소를 잃지 않았어. 아저씨는 할머니의 수고에 감사를 표한 뒤 엄마를 바라보는데, 마치 수도사가 성모 마리아를 바라보는 표정인 거야. 엄마가 신이라도 낳은 듯이 말이야.

위베르 아저씨는 잘생기지도 않고 매력도 없어. 게다가 엄마 말로는 부자도 아니래. 엄마는 트로피처럼 아저씨를 친구들 앞에서 자랑할 수 없을 거야. 그러나 아저씨한테서는 행복과 평화의 느낌이 풍겨. 아저씨가 엄마의 삶에 들어온 뒤로 엄마는 훨씬 더 안정적이야. 심지어 아저씨와 똑같은 미소를 지었어. 우리가 미소를 지으면 삶도 우리에게 미소를 짓나 봐. 할머니가 그랬어. 가장 큰 지혜는 친절이라고.

나는 카를을 생각하지 않을 수 없어. 카를은 똑똑하고, 잘생기고, 키가 크고, 진지하고, 독서를 무척 좋아하지. 그러나 카를이 친절하고, 재밌고, 사교적이고, 너그럽고, 책임감이 있고, 믿을 만하고, 웃음을 주고, 인내심이 있고, 재치가 있고, 확고하고, 열정적이고, 적극적이고, 의욕이 넘치고, 다정다감하고, 답답하지 않고, 비겁하지 않고, 세심하고, 모험을 좋아하고, 대담하고, 밝고, 진실하고, 직감적이고, 안정적이고, 자신감이 있고, 주의깊고, 겸손하고, 꿈이 있고, 실천적이고, 성숙하고, 강하고, 청렴하고, 용감하고, 달콤하고, 현실적이고, 재주가 많고, 정중하고, 공손하고, 긍정적인 남자애일까?

난 아무래도 상관없어!

남의 가족,
아니면 나의 가족?

도렐리 가족을 보면 1950년대 미국 TV 드라마를 보는 것 같아. 도렐리네 집은 파리 도심의 아담한 주택인데, 모든 것이 정리되어 있고 반들반들 윤이 나고 흠 잡을 데가 없어. 진짜 동화 속에 나오는 집 같아. 할머니의 가구와 자질구레한 잡동사니로 넘쳐나는 우리 집과는 달라. 그 집은 물건들이 쌓여서 통로가 막혀 있지도 않고 뒤죽박죽 난장판도 없어. 모든 것이 조화롭고 지나친 것도 없고 부족한 것도 전혀 없어.

도렐리 가족은 모두 넷이야. 마리안느 아줌마와 피에르 아저씨,

다니엘 오빠와 도렐리지. 마리안느 아줌마는 건축을 공부했지만 가사와 육아 외에 레스토 뒤 쾨르(주 - 노숙자와 극빈자를 위한 무료 급식소. 봉사들이 운영하는 비 종교적 구호 단체)에서 자원봉사만 조금 해. 아줌마는 집을 정성껏 꾸미고, 공들여 요리를 하며, 딸이 입을 최신 유행 옷을 사고, 아들의 셔츠를 바느질하지. 자신을 가꾸는 일도 게을리하지 않아서, 다리는 매끈하고 머리카락은 한 올도 흐트러져 있지 않아. 메이크업도 완벽하고 옷차림은 톱 모델 같아.

다니엘 오빠는 우리 모두가 꿈꾸는 오빠이자 아들이야. 여동생의 숙제를 도와주고, 식탁을 치우고, 저녁 식사에 초대된 손님들을 챙기고, 은행원인 아버지에게 회사에 새로운 소식이 있는지 물어봐. 다니엘 오빠는 고등학교 1학년이고 모범생이야. 두 시간 내내 휴대 전화 문자 메시지를 보지 않을 수 있어.

그리고 도렐리는 깜찍하고 사랑스럽고 상냥해. 엄마를 잘 돕고, 아빠와 친하고, 오빠를 아이돌 스타처럼 우러러 봐. 도렐리는 귀족 같은 방에서 생활하고, 우리 반에서 가장 공부를 잘하고, 특히 문학보다 수학을 잘하고, 친구들한테 인기가 많아.

나는 도렐리의 집에 놀러 가서 저녁을 보내면 매 순간이 즐겁고 비현실적으로 느껴져. 그런데 '왜 나는 아니지?'라는 생각을 떨칠 수 없어. 도렐리는 양가의 할머니 할아버지가 모두 살아 있어. 한쪽은 스키장에 아파트를 소유하고 있고, 다른 쪽은 프랑스 남부 바닷가에 집이 있어. 나는 두 집에 모두 놀러가 봤어. 도렐리네 집 분위기 그대로였지. 조용함과 적당한 친절함.

나는 완벽한 가정의 이상을 보여 주는 집은 도렐리네 밖에 못 봤어. 빚도 없고 밥도 없고, 까칠한 새엄마도 없고, 회피하고 무심한 아빠도 없고, 나이 많은 남자를 사랑하는 엄마도 없고, 도시 공해에서 벗어나 숨 쉴 수 있는 별장을 사 주기커녕 시대에 뒤떨어진 구식 드레스를 손녀에게 사 주는 할머니도 없지. 그러나 우리 가족은 우리 가족인 거야. 나 자신이 달라지고, 나아지려고 노력할 수는 있지만 가족을 선택할 수는 없어. 아아, 슬프다!

다른 사람으로 태어나는 건 이미 늦었어. 끝난 건 끝난 거야.

내가 할 수 있는 거라곤 도렐리 가족을 보며 질투심에 사로잡히는 일밖에 없어. 왜 나는 이렇게 불완전한 가정을 물려받았을까 한탄하면서 말이야.

그날, 내 두 발이 평소와 다른 길을 선택했어. 나무 그늘이 진 낯선 길이었어. 그곳에서 피에르 도레 아저씨를 봤어. 존경받는 아버지이자 성실한 남편인 도레 아저씨가 학교 뒷골목에 주차한 차의 운전석에서 웬 여자에게 입을 맞추는 거야. 그 여자는 프랑스어 선생님이었어.

냄새, 아니면 암?

겉으로는 가족에게 다정하고 원하는 건 모두 가져서 행복할 것 같은 이 아저씨 문제가 온종일 내 머릿속에서 뱅뱅 맴돌았어. 왜 하필 내가 이 장면을 목격했을까?

이제까지 나는 도렐리에게 비밀이 없었는데, 이제 하나 생겼어. 내 삶에서 미스터리가 하나 더 생겼어!

카를은 자라와 같이 다니지 않아. 자라는 쉴 새 없이 새로운 남친을 사냥하지. 요즘 카를이 내게 다가오려 한다는 느낌을 여러 번 받았어. 그런데 그냥 되돌아가. 대회 얘기를 하고 싶은 게 아닐까? 혹시 같이 갈 수 있는지 물어보려는 게 아닐까?

할머니는 날마다 문 뒤에서 날 기다려. 그런데 오늘은 늘 던지는 질문 대신에 코를 잡으면서 소리쳤어.

"웩!"

할머니는 매주 내 결점 중 하나를 물고 늘어져. 어떤 때는 머리 모양을, 어떤 때는 발톱을 지적하고, 종종 옷도 나무라는데, 오늘은 할머니의 후각이 깨어났어.

"웩이요?"

내가 따라했어.

할머니는 나에게 코를 바싹 가져다 댔어.

"아이고, 너한테서 냄새가 폴폴 나!"

이렇게 직접적으로 말하다니, 할머니는 역시 세련되지 못했어.

"저한테 냄새가 난다고요?"

"지독해. 방에 들어가면 냄새가 진동할걸?"

"저한테요?"

"응, 너한테!"

"샤워하면 되죠."

"좋은 생각이다만, 그런다고 없어질지 모르겠구나."

그래서 카를이 나와 마주칠 때마다 되돌아간 걸까.

나는 샤워를 하면서 노래는커녕 울음을 터뜨렸어. 나한테 있는지 몰랐던 문제가 있었잖아. 암내라니. 현관문 소리가 났어. 난 기름을 뒤집어 쓴 새라도 된 양 박박 씻었어. 곧바로 잠옷을 입고 부엌을 둘러보며 냄비 뚜껑을 열었어. 막 라구(주 - 고기와 각종 채소를 뭉근히 끓인 스튜의 일종)를 먹으려던 참에 할머니와 마주쳤어. 할머니는 외투를 벗고 약국에서 사온 데오도란트 스프레이를 내게 줬어.

"매일 아침 칙칙 뿌려 봐. 그러면 넌 온종일 꽃일 거야."

할머니가 말했어.

할머니는 텔레비전에서 뭐든 잘 배워.

"그런데 할머니, 데오도란트에는 발암 물질이 들어 있어요."

"세상에 발암 물질이 아닌 게 어디 있니? 죄다 그렇지! 넌 악취가 나는 게 더 좋아?"

"다른 해결책을 찾아야죠. 이런 유해한 물질이 나오기 전에 사람들은 어떻게 했을까요?"

"냄새를 풍겼지."

"그러면 조용히 냄새를 풍기죠. 뭐!"

"차라리 죽는 게 낫지!"

"그런 말 마세요, 할머니! 땀이 나는 건 좋고 당연한 거예요. 몸에서 독소가 빠져나가는 거잖아요. 냄새 문제는 제가 고민할게요."

나의 구글 선생과 네티즌 박사들은 이런 조언을 해 줬어.

하나. 건강하게 먹을 것.(학교 급식을 먹지 말라는 이야기야?)

둘. 장 건강을 위해 프로바이오틱스를 먹고, 스트레스를 줄일 것.(이건 학교에 가지 말라는 이야기잖아.)

셋. 디톡스를 하고, 식초, 레몬주스, 보드카, 소금 목욕 등 자연

치유법을 써 볼 것. 겨드랑이 털을 밀고, 합성섬유는 피하고, 건조하게 하고, 옷은 자주 갈아입을 것.(이건 더 이상 숨 쉬지 말고, 더이상 움직이지 말고, 더 이상 살지 말라는 소리랑 뭐가 달라. 이게 암내를 없애는 해결책이라니.)

나는 욕실로 가서 머리부터 발끝까지 엄마 향수를 뿌렸어. 그러고는 할머니한테 갔는데, 할머니가 다시 소리쳤어.

"아까보다 더 심하잖아! 숨도 못 쉬겠네."

그 말에 세기말적인 생각이 떠올랐어. 나는 다시 욕실에 가서 엄마의 향수를 모두 꺼내 섞었어. 유통기한이 지난 것까지 모두 다! 그러고는 빈 샤넬 향수병에 담아 가방에 이 '폭탄'을 넣었어. 그래, 복수할 거야.

나는 냄새나는 공주 이야기를 상상해 봤어. 돈많고 힘센 왕은 공주의냄새를 참을 수 있는 왕자와 공주를 결혼시켜.

날 사랑할 남자는 나의 자연스러운 '향기'도 좋아할 거야. 그렇고 말고!

그러나 그 남자가 카를일 것 같지는 않아. 아아, 슬프다!

전화,
아니면 만남?

'예뻐지려면 고통을 참아야 해요.'

이건 할머니가 해 준 말이 아니야. 나는 겨드랑이 암내를 없애는 데오도란트 스프레이를 뿌렸어. 광고대로라면 나는 24시간 동안 냄새를 풍길 일이 없을 거야. 할머니는 인생을 헛되이 살지 않았을 테니까.

오늘 저녁, 카를한테서 전화가 왔어. 그래, 내 냄새 때문에 직접 보고 말하기 싫은 거야.

"보니?"

"어?"

"카를이야."

나는 숨을 쉴 수가 없었어. 목구멍에서
전혀 소리가 나오지 않았어.

"학교에서는 말 걸기 힘들어서 전화했어."

그래, 어디 말해 봐! 나한테서 냄새가 난다고!

침묵.

"사실, 도빌에 같이 갈 수 있는지 물어보고 싶었어. 믿기지 않겠
지만, 나는 혼자서 여행해 본 적이 한 번도 없어."

난 목구멍에서 몇 마디를 겨우 끄집어냈어.

"어, 물론이지. 대회를 위해서라면."

"사실 내가 좀 알아봤는데, 정확히 말해서 이건 일종의 토너먼
트야. 프랑스 전국의 선생님들이 우수한 학생들의 글을 보냈어. 1
차와 2차 선발이 있었고, 그걸 8강과 4강이었다고 보면, 우리는
결승 후보로 뽑힌 거야."

"모두 몇 명인지 알아?"

"4명. 우리 엄마가 전화해 봤어. 정보가 없으면 하나 밖에 없는
아들을 모험에 보내지 않으려고 했을 테니."

"모험이라니!"

"사실……(카를은 '사실'을 입에 달고 살아. 일종의 말버릇이지.) 대회 주최자가 유명한 기업가인데, 글쓰기를 무척 좋아해서 청소년들에게 글쓰기를 장려하고 싶어 한대."

"혹시 위험한 미치광이래?"

이런 농담을 하다니…… 내 마음에 여유가 생겼네.

"엄마가 다 알아봤어. 사실 좋은 아버지이자 할아버지래. 해마다 행사를 여는데, 아직까지 죽은 사람은 아무도 없어."

나도 '좋은' 가장들을 알지.

"첫 번째가 아직인 거네!"

"아무튼 우리는 환상적인 주말을 보낼 것 같아. 내가 프로그램을 얻었어."

"난 뜻밖의 서프라이즈가 더 좋아."

"나도. 그런데 우리 엄마는 아니야."

"기차 타고 갈 거야?"

"응. 엄마는 가장 빠른 게 가장 좋은 방법이라고 생각해. 약 두 시간 정도 걸려. 엄마가 예약할 거야."

"엄마가 정말 친절하시구나……."

"어. 난 엄마가 매일 글쓰기 연습 시키는데, 너는?"

"난 매일 일기를 써. 난 대회를 준비할 수 있다고 생각하지 않아. 뭘 쓰게 할지도 모르잖아. 될 대로 되라지."

"2주 후면……."

"금방 올 거야."

"사실 삶이 그렇지."

'사실' 카를과 얘기하는 것은 '사실' 그렇게 힘들지 않았어. 우리가 별 얘기를 한 게 아니라서 말이야.

할머니는 내 주위에서 서성거렸어. 할머니는 다 알아야 직성이 풀리거든. 나는 할머니가 물어볼 때까지 기다렸어. 오래 걸리지 않았지.

"누구니?"

"할머니, 전 할머니에게 다 말해요. 할머니의 모든 질문에 대답해요. 할머니도 제가 질문하면 대답해 주실래요?"

"딱 한 가지만 물어봐."

"할아버지의 이야기를 해 주세요."

"할아버지는 1922년, 독일에서 태어났어."

"그러면 할아버지가 할머니보다 나이가 많으셨네요!"

"열일곱 살 많았지. 제2차 세계 대전 중에 군인이었어."

"히틀러 군대에서요?"

"그래. 프랑스 파리 전선으로 보내져서 남게 되었어."

"두 분은 파리에서 만나신 거예요?"

"질문은 한 가지만 받는다고 했잖아. 그래, 누구랑 전화했니?"

"카를이요."

"카를이 누구니?"

"제가 좋아하는 애예요."

"좋구나! 사랑할 사람이 아무도 없다면, 사랑이 무슨 소용이겠니?"

외할머니,
아니면 친할머니?

나는 할아버지는 없지만 할머니는 두 명이야. 나의 두 할머니는 서로 만나지 않아. 그러나 그게 문제가 되지는 않아. 왜냐하면 또 다른 할머니, 아빠의 어머니인 콜레트 할머니는 아빠처럼 있는 듯 없는 듯한 데다가 변함이 없거든. 친할머니는 엄마를 미워해. 하지만 나는 약간 만족스러워. 친할머니가 아빠에게 엄마와 결혼하지 말라고 말한 게 옳았으니까. 친할머니는 카트린 아줌마와 두 아기들을 어떻게 생각할까? 나를 만나는 것만큼이나 그들과 만날까?

곧 알게 되겠지. 친할머니의 알량한 양심이 깨어났거든. 연례행

사야. 점심을 먹자고 파리에 있는 호텔로 나를 초대했지. 친할머니는 칸의 그랜드 호텔에서 살아. 집안일에 시달리지 않으려고 말이야. 나는 딱 한 번 칸으로 할머니를 보러 갔었어. 할머니가 호텔 방을 예약해 줘서 나는 영화제에 초대받은 배우 같은 대접을 받았지. 그렇다고 애들 버릇을 나쁘게 들이는 분은 아니야.

우리는 자주 만나지 않아. 친할머니는 가끔 자신의 인생 기차에 날 태워. 그 기차는 내 상상 속 오리엔탈 특급 열차(주 - 20세기 초반 영국 런던에서 터키 이스탄불까지 운행하던 호화 유람 열차)만큼 화려해. 할머니는 결혼을 여러 번 했는데, 매번 돈이 더 많은 남자와 결혼해서 부자가 됐어.

할머니는 옷을 잘 입고, 손톱을 짙게 칠하고, 발랄한 짧은 머리를 해. 친할머니는 첫 번째 남편, 아빠의 아버지가 모든 남자 중에서 최고였대. 그러나 자동차 사고로 세상을 떠나고 말았어. 그 뒤로 아빠는 새아버지를 시리즈로 만났는데, 갈수록 점점 형편없었대.

"나도 초대해 주면 좋으련만! 어차피 우리는 손녀딸을 나누어 가졌는데."

외할머니는 호텔의 최고급 요리를 상상하며 군침을 삼켰어.

"두 분이 절 나눠 갖지 마세요. 전 외할머니의 것이에요! 이렇게 할머니가 사 주신 원피스를 입고 가니까 함께 가는 것과 마찬가지고요. 제가 디저트 챙겨 올게요."

친할머니는 일인당 유리잔 세 개, 포크 네 개가 놓인 테이블에서 날 기다리고 있었어. 할머니는 내가 입은 제인 오스틴풍의 원피스를 보자마자 눈살을 홱 찌푸렸어. 난 할머니를 자극하려고 일

친할머니의 남편들

83

부러 그 옷을 입었어. 할머니는 '안녕!'이라던가 '잘 지냈니?'라는 인사 없이 내 손목을 빤히 보며 물었어.

"그 명품 시계는 어디서 났니?"

"외할머니가 주셨어요."

친할머니는 할머니들끼리 경쟁이 어울리지 않는 사람이지만, 자신의 명품 시계를 벗어 나에게 줬어.

"자, 이게 훨씬 더 여성스러워."

친할머니가 나에게 뭔가를 준 것은 처음이야. 그리하여 나는 왼쪽 손목과 오른쪽 손목 모두에 명품 시계를 차게 됐어.

"고맙습니다! 갑자기 시계 부자가 됐네요."

내가 말했어.

"잃어버리지 않도록 조심해라. 미래에 네가 살 아파트 계약금과 맞먹으니까."

"할머니가 주신 선물이니 절대로 팔지 않을 거예요."

그렇지만…… 만약 내가 이 시계들을 판다면 방 세 개짜리 아파트 정도는 살 수 있지 않을까? 시계는 싸구려를 차도 괜찮으니까. 집이냐 시계냐, 또 선택해야 하는군.

친할머니와 점심 식사는 참 힘들어. 자주 만나지 않아서 다행이야. 지금 나는 두 시계를 번갈아 보며 시간이 얼마나 지나가려고 애쓰는지 살펴.

나는 엄청 노력했어. 대화 주제를 찾으려고 애썼지. 칸은 파리에서 멀리 떨어진 도시야. 프랑스가 큰 나라라서 감사해.

"너를 가까이에서 보고 살려고 파리로 옮길 거야."

갑자기 할머니가 말했어.

"호텔에서 사실 거예요?"

"물론이지. 장점이 많잖니. 뭔가를 팔 필요도 없고, 옮길 가구도 없고, 관리할 것도 없이 홀가분하게 칸을 떠나니까. 르 브리스톨 호텔(주 - 파리에 있는 최고급 호텔)에 머물 거야."

"거기가 어딘데요?"

"샹젤리제 근처에 있어. 커다란 침대가 있는 네 방도 있어."

"밥과 빌 방도요?"

"그 애들 얘기는 하지 말자. 그 애들이 너처럼 열네 살이 될 때까지 기다릴 거다. 난 다 큰 애들이 좋거든."

"언제 옮기세요?"

"다했어. 그러니까 다음 주말에 와라."

"전 다음 주말에 도빌에 가요."

할머니는 도빌이란 말에 눈에 띄게 반응했어.

"네 엄마랑?"

말은 저랬지만 표정은 '프랑켄슈타인과?'였어.

"아니요. 카를이랑요!"

나는 짧게 대답했어.

할머니는 더 묻지 않았어. 나도 더 설명하지 않았고.

씁쓸한 기분으로 호텔을 나왔어. 나는 이혼한 부모의 딸이고, 부모의 부모도 이혼하거나 세상을 떠났어. 우리는 모두 비정상일까?

어쨌거나 내 두 손목에는 어마어마한 재산이 있어.

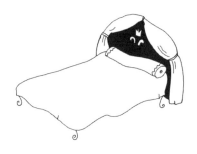

결혼, 아니면 비혼?

아빠는 전보다 내 존재를 좀 더 의식하고 있다는 느낌이 들어. 나를 공짜 베이비시터로 쓰려는 것 같단 말이지……. 아빠 집에 저녁 먹으러 오라고 했을 때, 나는 식탁에 도렐리를 위한 자리도 마련해 달라고 졸랐어. 나는 아빠가 이렇게 말할 거라고 생각했어.

"사람들이 많이 모일수록 재밌는 법이지……."

게다가 밥과 빌 사이에 평화 유지군이 한 명 더 필요할 테니까 말이야. 그러나 아빠는 머뭇거리면서 잠시 자신의 새 아내와 상의해보겠다며, 십 분 뒤에 다시 전화한다고 약속했지.

한 시간이 지나서야 아빠는 도렐리와 같이 와도 된다고 알렸어. 마치 전투에서 이긴 사람처럼 의기양양하게.

도렐리와 내가 엘리베이터에서 내리는데, 벌써 울음소리가 들렸어.

아빠는 버둥거리는 밥을 안은 채 문을 열었어. 카트린 아줌마는 나와 보지도 않았어. 삐친 걸까? 식탁에는 아무것도 없고, 부엌에는 음식 냄새도 나지 않았어. 집 안은 엉망진창이고 긴장감이 감돌았어.

아기들은 우유병을 물자 잠잠해지더니 이내 잠들었어. 아빠가 우리에게 말했어.

"애들아, 나가자."

아빠는 우리를 밖으로 밀면서 문을 쾅 닫았어.

"아빠 딸이 아빠 집에서 대접을 참 잘 받네요!"

난 볼멘소리를 했어.

빌과 밥만 했을 때, 나는 아빠와 어떻게 살았을까? 아무 기억이 나지 않아. 아빠는 두 아기에게 하는 것처럼 내게도 젖병을 물리

고, 기저귀를 갈아 줬을까?

"기분 나빠하지 마. 카트린도 내가 자기를 만나기 전에 살았던 삶을, 빌과 밥만큼이나 사랑하는 큰 딸이 있다는 사실을 받아들이기는 쉽지 않잖아."

"아빠가 저 아줌마한테 나를 숨긴 것도 아니잖아요. 저 아줌마도 어떻게 될지 알았을 것 아니에요?"

"상황을 직접 맞닥뜨리기 전에는 알 수 없었겠지."

"제가 아빠 삶에서 자리를 많이 차지하는 건 아니잖아요. 이번에 런던에서 보낸 주말을 빼면요……."

"그때 좋았지. 그치?"

아빠는 어느 지점에서 '좋았다'라고 생각한 걸

까? 아빠는 타고나기를 지각없이 타고난 사람이야. 나는 아빠를 바꾸지 못하기 때문에 주제를 바꿨어.

"아빠는 할머니가 파리로 오시는 걸 어떻게 생각해요?"

"네 할머니는 카트린을 싫어해! 그 소식 때문에 카트린이 기분이 좋지 않아."

"기분이 좋을 수 있겠어요?"

"사실대로 말하면, 자주는 아니지만…… 지옥 같아!"

"그러면 왜 저 여자랑 결혼했어요?

"남자가 아주 잘하는 것이 있잖아. 똑같은 실수를 반복하는 것."

"이번에도 할머니 말씀을 들었어야 했어요……."

"했어야 했는데, 할 수 있었는데……. 이건 내 입에 붙은 말이지! 그렇지만 난, 너와 두 아기들은 후회하지 않는단다!"

"어쨌든 아저씨 삶은 행복한 결혼 생활을 보여 주는 광고는 아니네요."

도렐리가 말했어. 도렐리는 아주 잘 보지만, 다 알지는 못해.

"결혼해서 잘 사는 사람들도 있어."

아빠는 우리의 미래를 위해 한 가닥 희망을 주려는 듯 말했어.

"아빠는 친아버지에 대해서 알아요? 제가 우리 집 가계도를 만

드는 중이거든요."

사실은 아니지만, 알아보는 중이긴 해.

아빠는 내 질문에 당황한 것 같아.

"솔직하게 말하면…… 하나도 몰라!"

"아빠가 할머니한테 물어보면 되잖아요. 그리고 아빠의 친할아
버지와 친할머니는요?"

"난 한 번도 본 적이 없어."

우리 집은 깨진 가정이고, 과거라고는 없어. 과거가 필요하기는
할까?

전쟁,
아니면 평화?

나는 이번만큼은 마음을 단단히 먹었어. 반 단체 사진을 찍던 날, 자라가 나한테 한 짓을 떠올렸어. 내 머리에 아직도 기름이 남아 있는 것 같아. 자라를 찾아야 해.

자라는 머리카락이 한 올도 흐트러지면 안 되기 때문에 쉬는 시간마다 화장실에 가. 그래서 애를 찾는 것은 어렵지 않아. 예상한 대로 자라는 화장실 거울 앞에서 머리를 매만지며 좁쌀만 한 여드름 하나 없는 자신의 얼굴에 감탄하고 있었지.

나는 화장실 중 한 곳에 들어가서 내가 제조한 '폭탄'을 꺼내 뚜

껑을 열었어. 악취용으로 딱이지. 사방으로 3킬로미터는 족히 퍼져 나갈 거야. 나는 세면대로 다가가 실수로 자라와 부딪치는 척하면서 가짜 샤넬 향수를 확 뿌렸어.

"미안해!"

나는 서둘러 자신의 결백을 밝히려는 테러리스트처럼 말했어.

자라가 이 독에서 빠져나오려면 몇 달은 걸릴 거야.

"이 머저리! 쓰레기! XXX! (자라가 나에게 퍼부은 별의별 욕설은 다 적지 않을게.) 냄새가 지독하잖아! 나 이제 어떻게 해?"

"체육관에 샤워실이 있어."

나는 순진하게 말하며 악취를 풍기는 자라를 남겨 두고 나왔어. 내 입이 귀밑까지, 심지어 그 위까지 찢어졌어. 에디트 피아프(주 - 전 세계적으로 사랑받은 프랑스 상송 가수)가 노래한 대로야. '난 아무것도 후회하지 않아요. 아무것도.'

이건 완벽한 범죄였지.

나는 이제 겨우 작은 전투에서 이겼어. 과연 전쟁에서 최후의 승리자가 될 수는 있는 걸까?

자라는 어떤 복수를 해 올까?

침묵,
아니면 대화?

나는 카를의 엄마와 말해 본 적이 한 번도 없지만, 오래 전부터 알긴 해. 아줌마는 매일 학교에 보물 같은 아들을 데리러 오거든. 항상 청바지를 입고, 우리 부모님보다 훨씬 오래 전에 이혼을 하고, 우리 엄마보다 나이가 많고, 늘 미소를 잃지 않으며, 자신의 운명에 만족하는 듯해. 이런 엄마에게 어떻게 강박적이고, 불안해하고, 매사에 심각한 카를이 태어났는지 신기해. 카를은 자기 아빠를 닮은 걸까? 아무튼 카를의 엄마인 쥘리아나 아줌마와 우리 아빠 쥘은 아주 잘 통할 것 같아.

이 별난 아줌마가 하도 수선을 떨어서 엄마는 날 보내는 걸 망설이는 듯했어. 하지만 카를은 내 여행 가방을 트렁크에 싣고 뒷자리에 탔고 나에게는 운전석 옆자리를 남겨 놓았어. 나는 타기 싫다고 했지만 카를이 고집을 부렸지.

"기차역까지만 태워 주실 거야."

"여행하기에 참 좋은 가을날이지! 그래서 난 이참에 친구들과 함께 시골에 가려고 해. 설레!"

아줌마가 말했어.

길은 막혔고, 아무도 말하지 않았어. 라디오만 들었지. 지도자들은 멍청해서 국민들에게 믿음을 주지 못한다는 것과 기자들은 가장 중요한 건 쏙 뺀 채 자기가 하고 싶은 말만 하고 있다는 것 외에 들을 만한 뉴스는 하나도 없었어.

나와 마찬가지로 불쾌해진 쥘리아나 아줌마는 라디오를 끄며 말했어.

"둘에게 멋진 모험이야. 우승자를 가리는 것은 애석하지만."

"이기는 건 그렇게 중요하지 않아요."

내가 대답했어.

"그러면 뭐가 중요하니?"

"……경험하는 거요. 아줌마가 말씀하신 것처럼, 모험을 하는 거요."

"네 말이 맞아. 그렇지만 이기는 것도 좋지. 그리고 편하게 말하렴."

어른에게 말을 편하게 하는 건 어려운 일이야. 도렐리 부모님에게도 그러지 않아. 다행히 고민하지 않아도 돼. 생 라자르 역에 다 왔거든.

쥘리아나 아줌마는 갔어. 그 누구도 상상 못한 상황에 우리를 놓아두고서 말이야.

히치하이킹,
아니면 자전거?

기차역은 여행자들로 붐볐어. 사람들이 빽빽이 모인 전광판에는 '임시 파업'이라는 글자가 떠 있었어.

우리는 너무나 허탈하고 맥이 탁 풀렸어. 어떻게 해야 하지? 우리 엄마는 차가 없고, 아빠 연락처는 모르는데. 카를 엄마의 전화는 음성 메시지로 연결됐어.

"우리 엄마는 운전할 때 전화를 받지 않아."

카를이 투덜거렸어.

나는 역무원에게 기차표를 보여 주면서 물었어.

"대체 버스가 있어요?"

"어쩌면 내일 있을지도요……."

역무원은 어깨를 으쓱했어.

곧이어 그는 화가 잔뜩 난 다른
여행자에게 붙들려서 항의를 받았어.

"괜찮아. 파리에 남으면 되지. 내가 좋아하는 동네로 구경이나
가자."

카를이 말했어.

"안 돼! 가야 해. 가기로 했으면 가야지. 날 따라와!"

나는 어디로 가야할지도 모르면서 씩씩하게 말했어.

그때 기차역 밖에 있는 자전거 대여소가 눈에 들어왔어. 그래,
자전거를 타고 가는 거야. 나는 자전거를 탈 줄 모르지만.

"자전거 탈 줄 알아?"

나는 카를에게 물었어.

"자전거를 타고 도빌까지 갈 수는 없어."

"179킬로미터야. 갈 수 있어."

자전거를 한 번도 타 보지 못한 애가 당당하게 말했어.

카를은 망설였어.

"별일 없을 거야. 해내면 무척 뿌듯할 걸?"

내가 자전거 대여소에서 눈을 떼지 않자 카를도 빙그레 웃으며 찬성했어.

"가자."

나는 돌격을 지시하는 장교처럼 말했어. 그러고는 큰길을 건너면서 카를에게 부끄러운 비밀을 털어놓았어.

"난 자전거 탈 줄 몰라. 네가 가르쳐 줄래?"

"뭐라고? 자전거 타는 건 걷는 거랑 같아!"

"나는 자전거 타는 걸 가르쳐 줄 아빠가 없었고, 엄마도 탈 줄 몰라. 그리고 자전거 타기는 지금까지 내게 중요한 일이 아니었어. 네가 내 아빠가 되어 줄래?"

"자전거 아빠? 그래, 못할 거 없지……."

자전거 대여소에는 기적처럼 자전거 한 대가 있었어. 그것도 2인용 자전거였지.

카를이 물었어.

"빌릴 수 있을까요?"

"네. 대여 시간은요?"

"사흘이요."

"아니면 나홀."

내가 덧붙였어. 나 때문에 시간이 걸릴지도 모르니까.

"하루에 40유로고, 보증금도 있어요."

카를이 신용 카드를 꺼냈어.

그런데 자전거에는 짐칸이 없었어.

"혹시 가방을 좀 맡겨도 될까요?"

직원은 주저하다가 승낙했어. 나는 카를에게 칫솔과 속옷 같은 필수품만 빼서 배낭에 넣으라고 했어. 카를은 내 말대로 했고, 나도 따라했어.

우리는 2인용 자전거를 끌고 나왔어. 카를이 휴대 전화로 내비게이션 앱을 켰어. 그러고는 나를 자전거 뒷자리에 태웠어.

"쉬울 거야. 내가 거의 다할 테지만, 너도 페달을 밟아야 해. 자신감이 붙으면 앞자리에서도 탈 수 있을 거야. 적어도 1시간에 15킬로미터는 갈 수 있어. 잠시 멈춰서 네 할머니가 싸 주신 샌드위치를 먹으면, 12시간 뒤에 도착할 거야. 저녁 시간에 맞춰서. 자, 꽉 잡아. 가자!"

나는 두려움을 잊기 위해 노래를 불렀어. 로맨틱했지만 사방에서 트럭들과 자동차들이 쌩쌩 달렸어. 카를도 나와 같이 노래를 불렀어. '백지장도 맞들면 낫다.'라는 속담에 즉흥적으로 멜로디를 붙여서 불렀어. 난 카를의 얼굴을 볼 수 없지만 미소를 짓고 있다는 걸 알아.

우리는 대담함과 결단력으로 결국 해내고 말 거야! 그 전에 죽지 않는다면 말이야…….

뷰끼한,
아니면 평범한?

　대회 주제가 '특별한 여행'이면 좋겠어. 나는 배고프고 피곤해. 그러나 멈춰서 샌드위치를 먹자고 말하지는 못했어. 우리는 녹초가 되어 에브뢰에 간신히 도착했어. 내 아이디어가 제법 괜찮았고, 나도 마침내 자전거 타는 법을, 그러니까 앞자리와 뒷자리에 타는 법을 익혀서 기분이 아주 좋아! 우리는 우리 자신을 믿었고 똑똑한 카를 덕분에 내비게이션을 따라 우리 목적지의 중간 지점에 이르렀으니, 이만하면 잘했다고 생각해. 그러나 나는 더 이상 못 타겠어. 태양이 내내 우리를 따라다녔어. 카를의 엄마는 일흔여덟 번이나 전화를 했고, 그때마다 카를은 이야기를 지어냈어. 자전거를 탔다는 사실을 말하지 않으려고 했지.

나는 책임을 쉽게 저버리는 비겁한 애가 아니야. 그러나 계속 페달을 밟는 건 진짜 힘에 부쳤어. 우리는 다섯 시간 반이나 달렸어. 처음에는 나쁘지 않았어. 그러다가 완전히 지쳤지. 두 다리는 풀릴 대로 풀렸고, 엉덩이는 죽기 일보 직전이야. 그리고 배고파.

그때 파리를 향해 가는 기차가 눈에 들어왔어.

"혹시 생 라자르 역만 파업한 게 아닐까?"

우리는 자전거를 끌고 역까지 걸어갔어. 마법 같은 일이 벌어졌어. 7분 뒤에 도빌행 기차가 있는 거야! 우리는 기차표도 이미 있어. 자전거가 문제였지만, 역무원이 도빌 역에서 받을 수 있게 처리해 줬어. 아, 인생은 아름다워!

기차에 탄 나는 진이 빠져서 먹을 힘이 없었지만, 배고픔 덕분에 할머니의 샌드위치를 겨우겨우 씹어 먹었어. 그러니까 다시 힘이 좀 났어. 많이는 아니야. 나는 눈이 감겨서 그만…… 카를에게 풀썩 쓰러지고 말았어. 도빌 역에 도착했을 때, 카를의 팔이 나를 감싸고 있었어.

우리는 자전거를 되찾았어. 난 좀 쉬었기 때문에 다시 페달을 밟을 힘이 났어. 다행히 성은 멀지 않았어. 진짜 성이야. 이런 곳에 땀범벅이 돼서 오다니 유감이야.

우리가 들어갔을 때, 다른 참가자들은 이미 식당에 있었어.

"옷을 갈아입을래요?"

집사가 물었어.

"아니요. 화장실만 잠깐 갔다가 5분 뒤에 식당으로 갈게요."

내가 말했어. 우리는 갈아입을 옷이 없잖아.

"그런데 짐은 없어요?"

"저희는 자전거를 타고 왔어요!"

나는 마치 당연하고 틀림없다는 듯이 말했어.

내가 쓸 방의 욕실은 우리 집 거실보다 컸어. 사방이 대리석이고, 정원과 수영장과 바다가 보였어. 세면대와 욕조 사이에서 길을 잃을 수도 있을 것 같아. 샤워 부스는 열 명은 들어갈 수 있을 정도로 컸어.

나는 얼른 캐노피 침대에 누워 봤어. 진짜 공주 침대 같아. 방에 놓인 물건과 그림과 천들이 모든 감각을 기분 좋게 해.

그러니까 이게 부자인 거지? 돈이 많아도 취향은 나쁠 수 있는데, 우리의 후원자는 돈도 많고 취향도 훌륭해.

다른 사람들이 기다리는 식당으로 서둘러 내려갔어. 얼마나 배가 고프던지!

우리는 대저택을 둘러보는 시간은 놓쳤어. 깨끗한 청바지와 티셔츠 정도만 입었더라도 나는 무도회 가기 직전의 신데렐라처럼 보였을 거야. 카를은 이 넘치는 부와 아름다움 사이에서 나보다 더 긴장이 풀어진 것 같았어. 게다가 자기 세상에 있는 것처럼 굴어.

우리의 후원자이면서 대회 주관자인 펠릭스 아들러 씨는 친절했어. 입가에는 늘 미소가 가득했지. 그나저나 도대체 왜 청소년 네 명을 자신의 집에 글쓰러 오라고 초대했을까? 나는 궁금증을

참지 못하고 질문을 했어.

"돈이 많은 건 꼭 좋은 것만은
아니에요. 관리를 해야 하고,
책임져야 할 일도 많고, 세금
도 많이 내야 하지요. 이 프로
젝트에 완전히 사심이 없다고
말할 수 없어요. 나의 회계사가 재단을 만들어서 세금 부담을 줄
이면 좋겠다고 아이디어를 냈거든요. 그래서 글쓰기를 장려하면
좋겠다고 생각했어요. 나의 조상 중에 몇 분이 문맹이셨기 때문이
에요. 나는 젊은이들에게 책 읽기와 글쓰기의 매력을 느끼게 해주
고 싶어요. 이 대회를 연 지 5년이 되어 가는데, 할 때마다 큰 기쁨
을 느껴요. 여러분 덕분에, 여러분의 독특한 시각 덕분에 나도 삶
을 깊이 생각하게 되니까요. 그러니 여러분도 사흘 동안 꿈같은
시간을 보내길 바라요. 자, 이제는 돌아가면서 자신을 소개해 볼
까요?"

"먼저 해 주세요!"

카를이 수줍게 말했어.

"나는 혼자지만, 집안일을 돌봐 주는 집사와 그 남편이 같이 살

아요. 이혼을 세 번 해서 세 여인을 부자로 만들어 줬지요. 첫 번째 결혼으로 얻은 자녀 둘은 태어날 때부터 부자라 버르장머리가 없어요. 안타깝게도 제대로 살고 있지 못해요. 내 잘못이지요. 나도 알아요. 나는 다른 나라에서 가난하게 태어났어요. 운 좋게 전 세계 모든 이가 필요로 하는 것을 발명해서 큰돈을 벌었지요. 그래서 마흔여섯 살에 은퇴를 할 수 있었어요. 지금은 예술품 수집가로 바쁘게 살고 있어요. 잠시 후에 내가 소장한 작품들을 보여 줄게요. 나는 아름다움에 대해 알고 싶은 게 많은 사람이에요. 자, 이제는 여러분이 얘기해 볼까요?"

카를은 내게 아들러 씨가 '좋은 아버지'라고 얘기했는데, 어디서 들은 정보였을까? 오히려 바람기가 다분한데 말이야.

다른 참가자들 소개가 이어졌어. 멜라니는 키가 크고 예쁘고 날씬해. 나보다 옷도 잘 입었어. 누구라도 자전거를 다섯 시간 반이나 탄 나보다는 나을 거야. 얘는 진짜 톱 모델 같아. 새침하고 쌀쌀맞아 보여. 멜라니도 파리에서 왔어. 사실 우리 모두 파리에서 왔어. 마치 프랑스에 도시라곤 파리 밖에 없는 것처럼 말이야. 두 참가자들은 부모 중 한 사람과 함께 왔고, 그들은 각각 도빌에서 주말을 보내고 있대. 나는 카를과 함께 페달을 밟은 걸 후회하지

는 않아. 그저 우리도 계획을 좀 더 잘 짰더라면 좋았겠다는 생각을 했지.

내 차례가 됐어.

"우선 식사하는 자리에 추레한 옷차림으로 와서 죄송합니다. 깨끗한 옷을 입고 싶었지만, 철도가 파업하는 바람에 자전거를 빌려서 타고 오느라 가방은 대여소에 맡길 수밖에 없었어요."

"내일 아침에 시내에 나가서 필요한 것을 삽시다. 그리고 돌아갈 때는 내가 데려다 줄게요. 마침 나도 파리에 볼일이 있어요."

"자전거는요?"

"차 지붕에 실으면 돼요."

내가 계속 말했어.

"저는 오늘 행복해요. 자전거 타는 법과 제 자신을 믿는 법을 배웠거든요. 저도 글쓰기를 좋아해요. 연필을 잡던 순간부터 글쓰기는 제게 공기와 같아요. 그런데 작가가 되고 싶다는 말은 하지 않으려고요. 전 이미 작가고 늘 작가였지만, 직업으로 삼기는 힘들 것 같아서요. 돈을 많이 벌어야 하거든요. 엄마와 외할머니 두 분 모두 남편을 떠나보내고 혼자 살아 내야 했어요. 저는 이렇게 화려한 생활을 한 번이라도 경험해서 행복해요. 하지만 제가 선택한 것은 아니죠. 그저 살면서 우연히 만난 행운이라고 생각하려고요."

"나는 부자가 되는 것을 선택했어요. 적어도 더는 가난하게 살지 않겠다고 선택한 거예요."

아들러 씨가 말했어.

"그러면 후원자 님은 행운을 누렸던 거네요. 제 외할머니는 1그램의 행운이 1킬로그램의 황금보다 낫다고 말씀하세요."

"할머니 말씀이 맞아요."

내가 먼저 시작해 돌아가면서 글쓰기에 대한 각자의 열정을 얘기했어. 신기하게도 우리는 모두 이혼한 부모와 살고 있어. 혹시 이것이 규칙인 건가?

다른 두 명의 경쟁자 사이에 끼어 앉았던 카를은 내 옆으로 피했고, 나도 카를 옆에 있어. 우리는 자전거를 타는 동안에 대화를 많이 하지 못했어. 내가 균형 잡는 데 신경을 쓰고 페달을 밟는 데 너무 열중했거든.

오늘 저녁 메뉴는 자유 선택이야. 별 네 개짜리 레스토랑의 감자튀김을 곁들인 스테이크나 마을 광장에 있는 푸드 트럭 피자 중에서 고르면 돼.

이곳은 외할머니와 함께 오고 싶어.

삶,
아니면 죽음?

다음 날 아침, 아들러 씨가 우리를 백화점에 데려가서 멋진 옷들을 입어 보라고 했어. 아들러 씨는 나보다 안목이 뛰어나. 카를도 그렇지. 내가 원피스를 막 입으려 했을 때 아들러 씨가 내 손목을 보고 놀라 말했어.

"좋은 시계를 찼군요!"

나는 친할머니가 준 시계는 집에 두고 외할머니가 준 시계를 찼어. 나에게는 이 시계가 행운의 마스코트야.

우리가 고른 물건은 아들러 씨가 계산했어. 나는 엄마가 돈을

보내 줄 것이라고 약속하고 카를은 자기 엄마가
준 카드로 계산하려고 하는데, 아들러 씨가
우리를 말렸어.

"재단 비용으로 처리하는 것이니까 괜찮아요."

첫째 날은 조용히 각자 정원과 레스토랑과 욕조에서 시간을 보
냈어.

'대회'는 둘째 날에 열려. 어떤 대회일까? 우리는 이 천국에서
환대를 받았기 때문에 이미 큰 상을 받은 것이나 다름없어! 나는
주로 욕조에서 시간을 보냈어. 거울을 보며 내가 이런 장소에 어
울리는 사람이 되게 도와달라고 빌었지. 나는 새 원피스를 입고
제인 오스틴과 외할머니와 모든 글쓰기의 신들에게 기도했어.

우리의 후원자는 아름다움에 관심이 많기 때문에 나는 그것에
대해 깊이 생각했어. 게다가 아들러 씨는 수집한 작품을 전시한
방을 보여 주기도 했지. 서랍마다 아직 공개되지 않은 물건과 박
제된 새, 말린 곤충 등이 가득했어. 진짜 미니 박물관이나 다름없
었어! 나는 박물관을 정말 좋아하기 때문에 인류의 걸작들에 대
해 수십, 수백 장을 글로 쓸 준비가 되어 있어.

그래서 글의 주제가 내 앞에 놓였을 때, 불쾌할 정도로 놀라고

몹시 당황했어.

'당신에게 살날이
딱 하루만 주어진다
면, 무엇을 하겠습니까?'

나는 카를을 쳐다보다가
첫 번째로 든 생각은, 걔를
와락 안고 싶다는 거였어. 사랑을 나눈다는 게, 그러니까 그 신화
적이고 자랑스럽게 떠들어 대는 행위가 대체 무엇인지 알고 싶거
든. 작가는 솔직해야 하고 사실대로 말해야 해. 나는 아직 사랑이
무엇인지 모르는데, 어떻게 사랑을 얘기할 수 있겠어? 내가 아는
사랑은 로맨틱 코미디 영화에서 본 게 다야.

카를이 날 빤히 쳐다봤어. 카를도 나와 같은 생각을 하는 걸까?
카를은 뭘 쓸지 궁금해.

우리의 후원자는 이렇게 말하고 자리를 떠났어.

"세 시간을 주겠어요."

나는 언제나 그렇듯이 재빨리 연필에 올라탔어. 갑자기 머릿속
에 단단히 박혀 있던 아이디어가 떠올라서 격렬하게 쓰기 시작했
어. 모든 것은 아이디어 싸움이야. 나는 제인 오스틴의 말이 떠올

3시

랐어. '인생은 바쁜 일들의 빠른 연속에 지나지 않는 것 같다.' 어쨌든 나는 묵직한 떡갈나무 탁자에서 다른 학생들과 함께 글을 쓰는 것보다 더 기분 좋은 일은 경험해 보지 못했어. 나는 글을 쓴다, 고로 나는 존재한다. 자전거를 탈 때처럼 날개가 생긴 기분이 들어. 아니면 자전거 페달을 밟은 그날, 나한테 날개가 자란 걸까?

나는 내 인생의 남은 날들을 이렇게 종이에 글을 채우면서 살 수 있을 것 같아.

세 시간이 지나서 우리는 글을 제출했어. 나는 두 장, 카를은 한 장, 멜라니는 여섯 장을 썼어! 분량으로 따지면, 멜라니가 일등이야.

우리 후원자의 모로코 요리사가 모두에게 쿠스쿠스 요리(주 - 밀가루를 손으로 비벼서 만든 좁쌀 모양 알갱이에 고기나 채소 스튜를 곁들인 북아프리카 전통 요리)를 해줬어. 멜라니와 뤼도빅은 접시에 거의 덜지도 않고 먹지도 않았어. 카를과 나는 마치 먹보 같았어. 나는 글을 평생 쓸 수 있을 뿐 아니라, 쿠스쿠스도 평생 먹을 수 있을 것 같아.

신기하게도 우리는 대회나 글에 대한 얘기는 한마디도 나누지 않았어. 아이디어를 훔치기에는 너무 늦었다고 생각하는 걸까? 그런데 정말 아이디어를 훔칠 수는 있는 걸까?

비,

아니면 해?

우리가 머무는 동안에는 날씨가 좋았어. 펠릭스 아들러 씨는 외할머니가 좋아할 만한 지역 특산물 바구니를 한 사람 한 사람에게 하나씩 선물해 줬어. 그리고 우승자를 가리는 심사가 끝나면 연락해 준다고 약속했어.

성을 떠나면서 나는 아담과 이브가 에덴동산에서 쫓겨날 때 느꼈을 기분을 그대로 느꼈어. 그래서 에덴동산의 주인에게 2년 연속 대회에 참가해도 되는지 물었어.

"그건 안 돼요. 그렇지만, 개인적으로 나를 보러 와도 돼요!"

아들러 씨가 대답했어.

예의상 하는 말이란 걸 알아. 이렇게 마법 같은 장소는 다시 보지 못할 테지. 인생은 누군가에게 애정을 느낄 때 아름다워. 나는 이 후원자 님이 좋아.

집사의 남편이 우리 자전거를 차 지붕에 묶어 줬어. 부자들은 힘든 일은 직접 하지 않아도 돼. 편해. 요리나 청소, 일상의 소소한 일을 해 주는 사람이 있으니까.

차는 크고 쾌적했어. 아들러 씨는 운전하는 게 편안해 보였어. 마치 법 위에 있는 사람처럼 차를 굉장히 빨리 몰았어. 나는 앞자리에 앉았는데, 이따금 사고가 날 것 같은 느낌이 들면 차창 위 손잡이를 붙잡고 발을 쭉 뻗었어.

"걱정하지 말아요. 나는 세계 곳곳을 운전해 봤고, 이 길은 눈 감고도 갈 수 있어요."

아들러 씨가 날 안심시켰어.

"문제는 길에 이 차만 있는 게 아니잖아요. 혹시 과속 딱지를 받은 적이 있으세요?"

"수집할 정도로 많지요."

"그러면 운전면허에 벌점도 있겠네요?"

"확인해 보지 않았어요."

카를은 뒷자리에서 잠들어 나 혼자 얘기할 수밖에 없었지만, 힘들지 않았어.

"파리에 가시면 뭘 하실 거예요?"

"내가 주로 머무는 집은 파리에 있어요. 이번 주에는 얼마 전에 구입한 아파트 다섯 채를 임대하기 위해서 손을 좀 봐야 해요."

방이 몇 개짜리 아파트인지 물어볼 용기는 나지 않았어. 분명히 우리 집보다는 훨씬 비싸겠지.

"나머지 시간은요?"

"갤러리에 가고, 경매도 보고, 벼룩시장도 돌아다니려고요. 나도 여행을 해야지요."

"또, 여자 친구도 찾으시고요?"

위베르 아저씨만 없다면 엄마를 소개할 텐데…….

"그럼요. 늘 그렇지요! 속 깊은 이성 친구는 쉬지 않고 찾고 있어요."

길이 이어지고 이야기도 이어졌어. 그런데 갑자기 차 지붕과 자전거 위로 비가 후드득후드득 쏟아졌어.

나는 비를 좋아하지만 차 안에서는 아니야. 소나기가 점점 거세져서 10미터 앞도 보이지 않았어. 아들러 씨한테는 별로 큰 문제가 아닌가 봐. 속도를 거의 줄이지 않았어. 카를은 빗소리에도 아랑곳하지 않고 계속 잤어.

차가 막혀서 나가지 못하게 되자, 아들러 씨는 고속도로를 벗어나서 '오리 세 마리에게'라는 단골 레스토랑으로 우리를 데려갔어.

음식은 정말 맛있었어. 우리의 후원자 님은 온갖 맛집을 알고, 못 가 본 곳이 없는 것 같아. 이분의 입에 닿는 모든 것은 고급스러워야 할 것 같아.

우리는 느지막이 파리에 도착했어. 자전거를 반납하기에는 너무 늦은 시간이었지. 보증금은 돌려받을 수 있으면 좋겠어. 카를이 자기 집에 자전거를 보관하기로 했어. 내일 만나서 자전거를

반납하기로 약속했지.

아들러 씨는 나를 집까지 태워다 줬어. 난 차에서 내릴 때 슬펐어. 내가 한 번도 경험해 보지 못한 부자이자 할아버지였고, 앞으로도 그럴 거니까.

집에 들어가자 엄마와 할머니가 득달같이 달려왔어.

"어땠니?"

"얘기해 봐!"

"생각했던 것보다 좋았고, 그 좋은 것보다 훨씬 더 좋았고, 기가 막힐 정도로 좋았어요! 그나저나 피곤해서 전 이만 쉴래요. 내일 약속도 있고요."

결혼,
아니면 자전거?

다음 날 아침 카를의 집에 갔을 때, 카를은 여전히 자고 있었어. 쥘리아나 아줌마가 나에게 아침 식사를 차려 줬고, 나는 아줌마에게 왜 이혼했는지 물었어.

"숨을 쉴 수가 없었거든. 남편이 한 달 동안 아시아로 출장을 떠났을 때, 갑자기 내가 다시 숨을 쉰다는 게 느껴졌어. 나를 억누르던 모든 것이 날아갔지. 남편이 돌아오니까 나는 다시 불편해졌어. 게다가 카를은 여전히 어렸는데, 부모의 긴장 상태에 영향을 받는 것 같았어. 카를의 아빠가 나쁜 짓을 한 것은 전혀 아니야.

자상한 아버지이고 남편이었는데, 내가 참아 내지 못했어."

"왜요?"

"나는 부모의 바람대로 결혼했어. 나에게 기대하는 것을 하려고 했지. 모든 사람이 하는 것처럼 하려고 했어. 그러나 내 마음 깊은 곳에는 결혼하지 않고 혼자 살고 싶은 마음이 있었어. 내 인생의 태양인 카를이 있음에 감사하지만, 나는 남편과 함께 있으면 늘 아팠어."

"아저씨가 파렴치한 일을 저질렀어요?"

"전혀 아니야. 남편은 자신의 삶을 정비하고 행복하게 지내. 열심히 일하고 우리에게도 잘해 줘."

"그게 가능해요? 복수심과 증오심에 가득 찬 이혼이 얼마나 많아요?"

이 시점에서 나는 도렐리가 걱정이 돼.

"친정이 여유가 있어서 금전적 지원을 받아. 그 사람과 나는 카를이 이 시기를 문제없이 잘 넘기도록 신경 쓰고 있어. 우리는 친구로 남기로 했어. 여행도 몇 번 같이 갔고, 일주일에 두 번 식사도 함께해. 카를의 아빠는 여전히 재혼하지 않고 나를 기다린다고 말하지."

"희망이 있는 거예요?"

"글쎄. 누가 알겠니? 그래도 카를의 동생을 가질 수는 없을 거야. 다시 아기를 갖기에는 너무 늦었지. 난 아기들은 정말 좋아해. 일을 해야 한다면 산파가 될 거야. 지금은 친척 아기들을 보수 없이 돌봐 주고 있어."

"저도 어린 이복 남동생이 두 명 있어요. 아줌마에게 소개해 드릴게요!"

맨발에 청바지와 티셔츠를 입은 카를이 긴 잠에서 깨어 나왔어. 더벅머리지만 멋있어! 카를은 엄마에게 뽀뽀로 인사를 하고, 나에게도 인사했어. 그리고 오렌지 주스를 마시고 타르틴을 한 입 베어 먹었어.

"2분이면 준비 돼."

카를이 부엌을 나가면서 말했어.

카를과 내가 함께 자전거를 타고 달리는 동안 파리 사람들이 우리를 따뜻한 눈빛으로 쳐다봤어.

하지만 대여소 직원의 눈빛은 반대였지. 아주 차가웠어.

"어젯밤 늦게까지 기다렸어요. 미리 연락하면 좋았잖아요!"

카를이 대여소 직원에게 자초지종을 설명하자, 직원은 우리를 봐주려는 것 같았어.

"그래요, 알았어요. 이 자전거는 아주 오래 돼서 거의 빌려주지 않지요. 만약에 살 생각이 있으면 싸게 팔게요."

카를은 늘 갖고 다니는 엄마의 신용 카드를 꺼내면서 내게 우리 둘이 타면 될 거라고 말했어. 이거 혹시 고백인 걸까?

2인용 자전거의 절반이 내 것이라고 생각하니 기분이 날아갈 듯이 좋아. 게다가 카를과 함께 쓰잖아! 카를이 우리의 자전거에 자라를 태우는 일

만 절대로 없다면 말이야! 자전거는 카를 집 차고에 둘 거야.

우리는 마치 전문가처럼 짐 가방을 잘 실었어. 하나는 뒷자리에, 다른 하나는 핸들 위에 뒀지.

내 '남친'은 나를 집 앞에 내려 주기 전에 내일 날씨가 좋으면 자기가 좋아하는 파리의 핫 플레이스를 구경시켜 주겠다고 약속했어.

집에 들어갔을 때, 나는 환각에 빠진 줄 알았어. 밥이 외할머니 무릎에 앉아 있고, 빌은 위베르 아저씨 품에 안겨 있고, 몇 년째 서로 말도 하지 않던 아빠와 엄마가 심각하게 얘기하는 중인 거야.

이게 말이 돼?

나는 도빌에서 있었던 대회 이야기를 하고 싶었지만 그럴 때가 아니었어. 할 수 없지. 2인용 자전거와 카를, 아들러 씨, 그 성에서 오로지 나 혼자만 썼던 방 얘기는 혼자만 알고 있어야지 뭐. 반면에, 내 눈앞에서 벌어지는 이 이상한 모임은 무엇일까 궁금해.

밥이 나를 향해 팔을 뻗었어. 나는 가방을 내려놓으면서 얼른 말했어.

"도렐리 집에 빨리 가 봐야 해요. 도렐리가 찾아서요."

이때만 해도 나는 이 말이 사실이 될 줄 몰랐어.

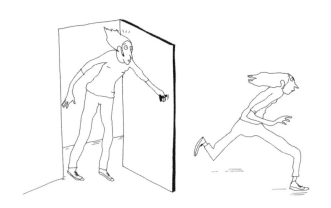

이혼, 아니면 재혼?

나는 내일 카를과 결혼할 거야. 그리고 우리는 평생 함께 페달을 밟을 거야. 바로 이것이 내가 결심한 거야. 그러나 실천을 하려면 카를도 찬성해야 해. 그리고 성인이 되어야 하지!

솔직히 나는 도빌에서 보낸 날들을 누군가에게 얘기하고 자랑하고 싶어서 입이 근질거렸어. 하지만 아아, 도렐리가 마땅한 사람이 아니란 걸 금방 알게 되었어.

도렐리가 울음을 터뜨리면서 문을 열어줬거든. 부엌에서 코를 훌쩍이는 소리가 울려 퍼졌어. 붉게 충혈된 세 쌍의 눈이 마치 하늘에서 뚝 떨어진 외계인인 양 나를 뚫어지게 쳐다봤어. 아무도 내게 인사조차 하지 않았어.

내가 다니엘 오빠에게 눈빛으로 물었더니, 오빠가 '아빠.'라고 한마디로 대답했어.

"사고 났어요?"

나는 놀라 물었어.

"우리를 떠났어. 짐을 챙겨서 나갔어."

"왜요?"

"네 프랑스어 선생! 내 친구! 걔가 일 년이나 날 속였어. 내 남편 피에르가 날 배신했어. 난 배신당한 여자야. 아니, 그보다 더해. 바보 천치야!"

마리안느 아줌마가 말했어.

나는 뭐라고 말을 해야 할지 몰랐어. 왜 바보 같이 내 입에서 이런 말이 툭 튀어나왔는지 모르겠어.

"사람이 죽은 건 아니잖아요."

"가족 공동체가 죽었잖아!"

다니엘 오빠가 사납게 쏘아붙였어.

"어쨌든 제가 보기에는 살아 있어요. 이렇게 우는 한, 살아 있는 거예요."

난 외할머니처럼 말했어.

"난 이혼 가정의 아이가 됐어."

도렐리가 오열했어.

"클럽에 들어온 걸 환영해!"

"넌 아무렇지 않니?"

"프랑스 부부 두 쌍 중에 한 쌍이 이혼으로 끝나."

내 말에 다니엘 오빠가 휴대 전화를 두들기면서 말했어.

"작년에 프랑스에서는 결혼한 커플 중에 44.7%가 이혼을 해서 새로운 돌싱 인구가 생겼다고 해. 이혼한 남성의 평균 나이는 만 41.7세이고, 여성은 만 44.3세야."

"딱 내 나이구나!"

아줌마가 말했어.

"엄마가 표준이네요!"

도렐리가 꼬집어 말했어.

"그걸 위로라고 하는 거야? 재혼 가정의 통계도 읽을까요?"

다니엘 오빠가 말했어.

"원하시면 언젠가 우리 가족과 살게 해 줄게요. 빌과 밥을 빌려

드릴 수 있어요. 마침 지금 우리 집에 와 있거든요."

"네 집에? 농담해?"

"하나는 할머니 무릎에, 다른 하나는 위베르 아저씨 품에 있어."

"너희 아빠는?"

"아무래도 두 번째 이혼을 향해 가는 중인 것 같아!"

"웃을 일이 아니네! 넌 우리도 그 인생 기차에 따라 타길 원해?"

다니엘 오빠가 말했어.

"아니요. 전 그냥 이게 세상의 끝이 아니란 것을, 여러분이 이렇게 죽을상을 지을 일이 아니란 것을 증명할 수 있어요."

"내 인생은 끝났어!"

마리안느 아줌마가 눈물을 흘렸어.

"반대로 시작된 것일 수도 있잖아요?"

"나는 모든 것을 완벽하게 했어. 나는 완벽한 배우자였고, 이 가정에 내 인생을 바쳤어."

나는 잘못은 항상 두 사람 모두에게 있다는 말을 종종 들었다고 말하지 않았고, 아줌마는 아직 살아 있기 때문에 삶을 즐길 수 있고, 온전히 살 수 있다는 말을 하지 않았어. 대신에 엄마가 위기 상황에서 하는 말을 그대로 말했어.

"진짜 가슴 아픈 일이에요. 그러나 마리안느 아줌마, 이 상황에 익숙해지실 거예요. 그리고 좋은 일이 생길 거예요."

나는 열네 살이지만, 이미 할머니가 된 것 같아!

"아니면 나쁜 일이 생길지도 모르지."

아줌마가 의미심장한 표정을 지으며 나지막이 말했어.

로맨틱 코미디,
아니면 감동적인 드라마?

생각을 딴 데로 돌리기 위해 영화를 보는 게 좋을 것 같았어. 평소에 나는 달달한 사랑 이야기를 즐겨 봐. 그러나 우리는 꿈같은 이야기는 피하고, 예술 영화관의 어둠 속에 파묻혔어.

영화는 칸 영화제의 황금종려상 수상작이었어. 우리는 러닝 타임이 세 시간이 넘고, 등장인물들이 쉴 새 없이 터키어로 말하고, 아나톨리아(주 - 흑해와 지중해 사이에 있는 터키의 넓은 고원 지대) 사막의 모래밭에서 서로를 헐뜯는 얘기란 걸 모르고 보기 시작했어.

나는 자막을 제대로 다 읽지도 못했어. 그러나 적어도 영화를

보는 동안에는 우리의 문제를 잊어버리고, 우리 삶이 불완전해도 영화 속의 칙칙한 광기보다는 낫다는 생각을 할 수 있었어.

그러나 영화가 끝나고 극장을 나서자 마리안느 아줌마는 다니엘 오빠와 도렐리 사이에서 울음을 터뜨렸어.

나는 내가 할 수 있는 것을 했어. 최선을 다했지. 남은 것은 시간이 해결할 거야. 카를과 2인용 자전거, 도빌 이야기는 다음에 해야겠어. 어쩌면 영영 못할지도 몰라. 나만 아는 비밀이 될 거야.

그래도 마리안느 아줌마는 나를 안으며 속삭였어.

"고맙다. 애야, 네가 있어서 내 불행을 상대화 해서 볼 수 있게 됐어."

고백,
아니면 침묵?

집에 왔어. 밥과 빌의 흔적은 더 이상 없었어. 공동의 아빠도, 위베르 아저씨도, 엄마나 할머니도 없었어. 책상에 앉아 일기를 쓰는데, 문이 열리고 화장실에서 물 내리는 소리가 들렸어. 엄마였어. 나는 엄마를 따라 엄마의 침대까지 갔어. 마치 밤이 무섭다는 핑계로 엄마에게 안아달라고 할 때처럼 말이야.

"아빠는 왜 온 거예요?"

"세상에 참 별일이지! 그 여자 때문에 왔어. 둘이 헤어진대. 네 아빠가 너무 힘들어서 어떻게 하면 좋을지 몰라서 나에게 물어보러 온 거야!"

"왜 사람은 늘 같은 실수를 할까요?"

"내가 대답을 알면……. 그보다 도빌에서 사흘 동안 어떻게 보냈는지 얘기해 줘. 아직 엄마한테 얘기해 주지 않았잖아."

"그럴 시간이 없었잖아요."

"하긴……. 이제 얘기해 봐."

나는 얘기했어. 당연히 다 하지는 않았지. 엄마는 반쯤 잠이 든 상태였다가 눈을 크게 떴어. 엄마는 글쓰기 주제를 아주 좋아했어.

"넌 뭐라고 썼니?"

"읽어 볼까요?"

"좋지!"

나는 초고를 찾아와 읽었어.

나에게 살날이 하루밖에 남지 않는다면, 나는 온종일 울 거예요.

더 이상 보지 못할 해돋이를 위해 울 거예요.

더 이상 내 흔적이 남지 않을 내 침대와 내 이불, 내 베개를 위해 울 거예요.

엄마가 아침마다 내게 먹이려고 애쓰지 않아도 될 오렌지 주스와 타르틴을 위해 울 거예요.

엄마가 웃었어. 엄마를 웃게 해서 좋아. 나는 계속 읽었어.

그리고 당연히 내가 태어났을 때부터 날 보살피고 자신의 꿈으로
날 먹이며 키운, 아주 용감한 우리 엄마를 위해 뜨거운 눈물을 흘릴
거예요. 내가 세상에서 가장 사랑하는 사람이니까요.

엄마가 내 이마에 와락 뽀뽀를 했어.

나는 현명한 외할머니를 위해 홍수 같은
눈물을 쏟을 거예요.

더 이상 맛보지 못할 모든 아이스크림을 위해 울 거예요. 아이스크림
가게에 달려가서 온갖 맛을 몇 통씩 사 와서 눈물과 눈물이 떨어
지는 사이에 큰 숟가락으로 퍼 먹을 거예요.

나는 카를을 위해서 울 거예요. 그 애가 내게 해 줄 시간이 없었을,
모든 어루만짐과 입맞춤을 생각하면서 울 거예요.

이 대목에서 엄마의 눈은 더 커졌어.

나는 도렐리와 풀지 못한 우정의 미스터리를 위해 울 거예요.

더 이상 보지 못할 호수와 바다, 하늘과 땅, 풍경과 달을 위해서
울 거예요.

일광욕, 거품 목욕, 대중탕, 배영을 떠올리며 울 거예요.

책 위에 엎드려 자다가 마치 혼수상태에서 깨어나듯이 일어나는
여름날의 낮잠을 그리워하며 울 거예요.

더 이상 사지 못할 한심한 문구가 적힌 모든 면 티셔츠를 떠올리며
울 거예요.

내가 낳지 못할 모든 자녀를 위해, 내가 절대로 갖지 못할 손주와
증손주를 위해 울 거예요.

나는 너무 빨리 지나간 과거와 오늘 뿐인 현재와 오지 않을 미래를
위해 눈물을 흘릴 거예요.

모든 감자 요리가 생각나 울 거예요. 특히 오븐에 구운 감자와 감자
튀김을 더는 먹지 못할 테니 울 거예요.

나는 거의 알지 못하고, 더는 잘 알지 못할 아빠를 위해서 울 거
예요.

'어디야? 기다리고 있어.' 같은 수많은 문자 메시지와 마음이 따뜻

해지는 메일을 받지 못할 테니 울 거예요.

나는 구름과 바람, 비, 폭풍우, 눈을 위해서 울 거예요.

그런데 지금 엄마가 울기 시작해.

시원한 공기의 고마움을 느끼게 해 주는

한여름을 위해서 울 거예요.

평범한 물도 청량한 탄산수 맛이 나게 하는 테라스와 작은

발코니를 위해서 울 거예요.

나는 힘든 일과 기차 파업, 연착된 비행기, 펑크 난 타이어, 삔

발목을 위해서 울 거예요.

나는 해 보지 못할 아르바이트, 투덜거리며 하던 집안일, 더 이상

해 보지 못할 온갖 궂은일을 위해서 울 거예요.

훈제 고기 맛이 나는 칩과 식전에 먹는 과자, 피자, 밀크 초콜릿,

브라우니, 쿠키 같은 가공식품을 실컷 먹으면서 찌울 수 없을 살을

위해서 울 거예요.

내 동맥을 막히게 할 수 있는 모든 나쁜 음식을 먹지 않으면서

빼 보지 못할 살을 위해서 울 거예요. 그리고 절대로 막히지 않을 나의 젊고 깨끗한 동맥을 위해서 울 거예요.

"우리 집안에는 동맥 경화를 앓은 사람이 없어."

엄마가 갑자기 흐느꼈어.

"그러면 할아버지는 어떻게 돌아가신 거예요?"

난 용기를 내어 물었어.

"스스로 목숨을 끊으셨어!"

나는 말문이 탁 막혔어. 그런 끔찍한 일을 상상이나 했겠어?

"그래서 할머니가 말씀하지 않으시려고 했던 거예요?"

"계속 읽어 줘. 그래야 나도 진정이 될 것 같아."

엄마는 이렇게 말하면서 더는 말하지 않으려고 했어.

나는 앉지 못할 모든 의자를 위해서 울 거예요. 종이 상자로 만든 의자, 등받이 없는 높은 의자, 아직 사지 못한 흔들의자도 포함해서요.

나의 엄청난 꿈, 사랑의 꿈, 상상을 초월하는 성공에 대한 꿈을 생각하며 울 거예요.

나는 절대로 공개되지 않을 내 비밀들을 위해서 울 거예요.

할머니가 아직 말해 주지 않은 속담들도 더는 듣지 못할 테니 눈물이
날 거예요.

심리학과 사회학, 철학과 같은 심도 깊은 주제로 대화해 보지
못해서 울 거예요.

더 이상 듣지 못할 팝, 클래식, 재즈 음악이, 더 이상 보지 못할
그림과 전시, 미술관이 그리워서 울 거예요.

나는 내 무덤 속에서 또 울면서 온 땅을 눈물로 적실 거예요. 그러나
그 눈물도 마르겠지요.

나는 인생, 사랑스러운 인생, 끔찍한 인생, 경이로운 인생, 고통스러운
인생도 너무 빨리 멈춰야 하기 때문에 울 거예요.

"그래, 인생은 아름다워. 힘든 순간이 있어도 말이야! 네가 우승
할 거야! 어떻게 내게 이렇게 똑똑하고 재능이 뛰어난 딸이 태어
난 거지?"

"그래도 전 예쁘고 싶어요!"

"별소리를 다 하네! 넌 진짜 예뻐!"

"엄마 눈에나 그렇지요!"

"카를은 뭐라고 썼니?"

"카를은 바뀌는 것은 아무것도 없고,
여느 날처럼 평범한 하루를 보낼 거래요."

"그것도 좋은 생각이야. 그러면 다른 여학생은?"

"그 여자애는 자기 방을 정리할 거래요."

"그것도 좋네. 또 다른 남학생은?"

"걔는 하루를 더 벌기 위해서 세상 끝으로 갈 거래요."

"기발한데!"

"중요한 것은 아이디어가 아니라 어떻게 쓰느냐예요. 아무튼 저
는 수상에는 관심이 없어요. 이미 사흘 동안 멋진 시간을 보냈으
니까요."

"그래, 맞아. 하루하루를 멋지게 보내는 게 중요하지. 난 기차
파업 때문에 걱정을 좀 했어. 그래도 네가 탄 기차는 무사히 떠났
을 거라고 생각했지……."

"엄마가 잘못 생각했어요. 그러나 그 얘기는 하자면 길어요. 나
중에 할게요. 그나저나 도렐리 부모님이 이혼하신대요."

"농담이지?"

"이혼도 전염인가 봐요."

"도레 씨네가……그렇게 완벽한 가정이."

"완벽함도 금이 가지요."

"그래도 인생은 아름다워! 네가 쓴 것처럼 말이야. 불완전해도 말이야."

나는 글을 쓸 때 선택해야 할 게 많다는 것을 깨달았어. 이 단어로 쓸까, 아니면 저 단어로 쓸까? 긴 문장으로 쓸까, 아니면 짧게 쓸까? 어떤 이야기로 쓸까? 어떤 줄거리로 풀까? 삶에서는 우유부단한데, 종이 위에서는 확신에 찰 수 있을까?

있는 것,
아니면 없는 것?

　카를은 자기가 좋아하는 파리의 핫 플레이스에 나를 일주일 동안 데리고 다녔어. 날씨가 도와줬어. 게다가 카를은 2인용 자전거를 새로 칠했어.

　도렐리는 집을 나간 아빠에게 받은 충격을 극복하는 데 시간이 좀 걸렸어. 우리 집에는 매일 저녁 식탁에 아빠의 자리가 생겼어. 아빠는 두 아기 양육권을 얻기 위해 변호사가 가르쳐 준 방법에 익숙해져야 한대. 그리고 친할머니와 한 공간에서 사는 데도 익숙해져야 하고. 아빠의 어머니는 아들을 독점하고 주말에는 두 아기

까지 독점할 수 있어서 좋
아했어. 친할머니는 베이
비시터 팀을 고용했고, 호
텔에 아기 침대도 들였어.
아빠는 다시 모든 일에 무사태평
해진 것 같아. 위베르 아저씨는 착해
빠져서 아빠가 있는 걸 좋게 봤어. 사람들이 많이 모일수록 좋다
고 생각하는 걸까?

이로써 우리는 모두 자기 자리를 찾은 걸까?

도렐리는 로랑 선생님, 그러니까 우리의
대단한 프랑스어 선생님이 감히 학교에 다시
돌아오리라고는 꿈에도 생각지 못했어.

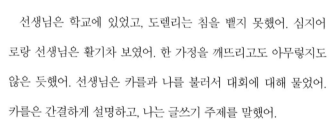

"그 선생이 학교에 있으면, 침을 확 뱉어
줄 거야!"

선생님은 학교에 있었고, 도렐리는 침을 뱉지 못했어. 심지어
로랑 선생님은 활기차 보였어. 한 가정을 깨뜨리고도 아무렇지도
않은 듯했어. 선생님은 카를과 나를 불러서 대회에 대해 물었어.
카를은 간결하게 설명하고, 나는 글쓰기 주제를 말했어.

"학생들에게 그런 질문을 하다니 이상하네. 너희가 쓴 글을 보여 줄래?"

선생님이 말했어.

마리안느 아줌마는 아직도 많이 울어. 그러나 한 번도 해 보지 않은 일을 해볼 생각을 해. 바로 돈을 벌기 위해서 일하는 거야. 나는 인테리어와 실내 장식을 공부한 아줌마를 아들러 씨에게 소개했어. 아파트 다섯 채를 임대하기 위해 인테리어를 해야 한다고 했잖아.

다니엘 오빠는 삶에 실망한 사람처럼 얼굴이 굳고 표정이 없어졌어.

집에 과거의 남편과 미래의 남편이 함께 있어도 행복한 엄마는 카를과 카를의 엄마를 저녁 식사에 초대했어. 우리 집에 사람들이 많이 온다는 소식에 외할머니가 가장 좋아했어. 그래서 난 친할머니도 초대했어. 친할머니는 엄마에 대한 생각을 바꿨고, 외할머니의 요리를 별 세 개짜리 미슐랭 가이드(주 - 세계 최고 권위의 여행 안내서) 선정 쓰리 스타 레스토랑에 비교하면서 좋아한 적이 있거든.

아빠가 시장을 보고 식탁을 치웠어. 아빠는 모범적으로 행동했

어. 카를의 엄마인 쥘리아나 아줌마는 이런 아빠에게 잘 보이려고 엄청나게 애를 써. 아빠도 좋아하는 눈치야.

만약 내가 카를과 한 가족이 되어도 우리는 결혼할 수 있을까?

어쨌든 내가 정말 잘 알지 못하는 아빠와 같이 있지만, 기분은 좋아. 아빠는 자상하고, 내게 질문을 하고 대답을 들어 줬어.

결정했어. 나는 아빠가 없는 것보다 있는 게 더 좋아.

혼자,
아니면 함께?

매일 아침 피에르 도레 아저씨는 로랑 선생님을 학교 앞에 바래다주면서 도렐리의 눈치를 살펴. 아저씨는 자녀들과 아내가 궁핍하게 살지 않도록 양육비와 생활비를 송금했고, 주말은 자신의 새 집에 와서 지내라고 초대했어. 하지만 긍정적인 답은 듣지 못했어.

도렐리가 가장 좋아하는 대화 주제는 로랑 선생님의 단점이야. 전에는 무척 좋아했던 선생님인데 지금은 정반대지. 증오하는 편이 도렐리에게 나을 거야.

낮에는 학교에서 저녁에는 집에서, 삶은 흘러갔어. 문제투성이 아빠들, 호전적인 엄마들, 자식 문제는 어찌지 못하는 할머니들과 함께 말이야. 한 주 한 주가 차분하거나 요동치거나, 아니면 둘 다이거나

큰 결정을 내리거나, 사소한 다툼을 벌이면서 지나갔어. 숙제와 우정, 특종(자라가 다니엘 오빠랑 사귀어!), 책, 영화와 함께 지나 갔지.

아들러 씨는 마리안느 아줌마의 솜씨에 만족해 했어. 아줌마는 나아졌고, 아들러 씨와 벼룩시장에 함께 다녔어. 빌과 밥은 말하기 시작했고 내 마음 속에 그 애들을 위한 자리가 생겼어. 비록 걔네 엄마는 싫지만 말이야. 쥘리아나 아줌마와 우리 아빠는 점점 더 가까워졌어. 너무 가깝다고 해야 하나? 그리고 기타 등등. 이런 걸 삶이라고 불러.

날씨가 제법 화창할 때, 나는 카를과 자전거를 타. 카를은 혼자 타는 법을 연습하라고 자기 엄마의 자전거를 빌려 줬어. 카를은 나의 집이 되어 가는 중이야.

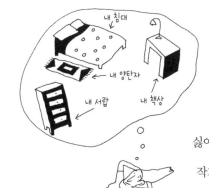

그러나 나는 여전히 좀 더 넓은 집, 나만 쓸 수 있는 방을 갖고 싶어. 부엌 식탁에서 글을 쓰기가 싫어. 할머니가 어슬렁거리면서 작가는 되지 말라고 말리거든. 대회에서 우승을 한다고 해도 5천 유로로는 아무 것도 바꿀 수 없어.

오늘 나는 즉흥적으로 친할머니를 보러 갔어. 솔직히 말하면 즉흥적이지는 않아. 출발하기 전에 친할머니가 준 시계로 바꿔 찼거든. 할머니는 르 브리스톨 호텔의 큰 식당 테이블에 혼자 앉아 있었어. 끔찍한 외로움에 시달리는 것 같아. 친할머니는 나를 보더니 화장한 얼굴에 재빨리 미소를 심었어.

"널 보니 좋구나! 뭘 시켜 줄까?"

호텔에서는 간단한 샌드위치라도 50유로 정도 되기 때문에 나는 부담스러웠어.

"물 한 잔이면 될 것 같아요."

할머니는 찻잔을 하나 더 달라고 해서 내게 차를 따라 주고, 빵

바구니를 내 쪽으로 밀었어.

"할머니, 이곳에서 지내시는 데 돈이 얼마나 들어요? 인터넷에서 찾아보니까 하룻밤 숙박비가 천 유로를 넘던데요."

"장기 투숙객에게는 할인을 해 줘."

"얼마나요?"

"30만 유로."

"헐! 할머니, 낭비라고 생각하지 않으세요? 그 돈이면 큰 아파트를 살 수 있잖아요."

"큰 집은 필요 없어."

"함께 살면 되잖아요. 여기서 혼자 식사하는 게 지겹지 않으세요? 우리 외할머니 요리도 좋아하시고, 이제는 엄마와도 잘 지내시잖아요. 할머니 전용 현관과 욕실이 있는 좋은 집을 찾아볼 수 있어요. 각자 독립된 공간에서 지낼 수 있는, 여자들만의 집이요."

친할머니가 나의 꿈을 받아

들일 것이라고 기대하지는 않아.

"이렇게 지내는 것도 좋아⋯⋯."

"할머니는 행복하세요? 제 눈에는 그렇게 보이지 않아요."

"난 편해. 이런 생활이 익숙하단다."

"저희와 있어도 편할 수 있어요. 또 익숙해질 수 있을 거예요."

"우리 손녀가 아주 맹랑하네."

"할머니가 돈을 너무 쓰시는 것 같아서 말씀 드린 것뿐이에요.
거기에 아빠의 방값까지 더하면⋯⋯."

"네 아빠도 우리 여왕벌들의 집에 살게 하고 싶니?"

"아니요. 아빠는 적당한 아파트에 세 들 수 있을 거예요."

"같이 살자고 말해 줘서 고마워. 좀 생각
해 보마. 그런데 넌 요즘 어떻게
지내니?"

"전 자전거를 배웠어요."

엄마, 외할머니, 할머니를 위한
공동의 집

수용,
아니면 저항?

내가 엄마나 외할머니와 상의하지도 않고 친할머니에게 우리와 함께 살자고 말한 건 성급했던 것 같아. 한마디로 뻔뻔했지.

삶은 공평한 걸까? 왜 난 하필이면 카를이 자전거로 날 데리러 오기로 한 날에 아프고 말았을까? 카를은 공원에 피크닉을 가고 싶어했어. 게다가 날씨가 눈부시게 좋았단 말이야.

난 정말로 아팠어. 구토에 현기증, 오한에 배탈까지 났지. 내가 토하는 모습을 카를에게 보여 주고 싶겠어? 그건 세상에서 가장 안 섹시한 일이야. 인터넷을 검색해 보니 임신이나 암, 뇌수막염,

크론병(주 - 소화관의 어느 부위에서나
발생하는 만성 염증성 장 질환), 우울증,
메니에르병(주 - 청력 소실, 이명 등과
심한 어지러움을 동반하는 질환)이나
궤양에 걸린 것일 수 있다고 해. 그러나 내 병의 진짜 원인을 다룬
대목은 찾을 수 없었어.

　사실 난 외할머니와 함께 초콜릿 전시에 다녀왔어. 우리는 초콜
릿을 사지 않았지만 몇몇 진열대에서 주는 샘플을 맛봤어.

　'초콜릿은 천연 항우울제고, 최근 연구에 따르면 기억력 향상에
도 좋다고 한다. 그러면 초콜릿 전시에 갈 이유가 충분하지 않을
까? 참지 말고 먹자!'

　전시를 소개한 신문이 거짓말을 한 거야. 기자들은 구역질과 구
토는 언급하지 않았어!

　그래도 나는 일어나서 씻고, 옷을 입고,
나가보려고 애를 썼어.
하지만 현실은 화장실
근처를 벗어나지
못했지.

외할머니가 이렇게 예쁜 말로 날 위로했어.

"머리가 나쁘면 몸이 고생이란다."

나는 카를에게 전화했고, 카를은 속상해 했어. 나는 카를에게 나 외에 다른 애(특히 자라!)와 피크닉을 가면 안 된다고 말하고 싶었어. 그러나 카를은 누구의 소유물도 아니야.

내가 초콜릿 전시에 간 걸 후회하냐고? 온통 초콜릿인 세상 한복판에 있어서 더없이 좋았어. 그렇게 모든 것을 맛봐야 했냐고? 사람은 인생의 어느 시점에서 이성적이 될까?

외할머니가 말했어.

"눈으로 보면 입이 원하게 되지."

어쨌든 나는 너무 바빴어. 화장실에 달려갔다가 다시 잠들었다가 하느라고 말이야. 외할머니가 차를 내왔어. 나는 통 입에 대고 싶지 않았어. 재난 같은 일을 당할 때마다 할머니가 하는 말이 있어.

"다 지나간다."

삶처럼…….

내 이야기,
아니면 네 이야기?

정말로 다 지나가고 일어나서 부엌에 차를 마시러 갈 수 있게 되었을 때, 할머니는 대회가 어땠는지 물었어.

"아직 얘기해 주지 않았잖니."

"사랑하는 할머니. 할머니가 먼저 비밀을 밝히시면 저도 말할게요. 이제는 할머니의 삶을 얘기해 주실 때가 되었잖아요."

"……나는 독일에서 태어났어. 부모님이 폴란드를 떠나 독일로 이주했거든. 그렇지만 내 인생 대부분은 프랑스에서 보냈어. 자, 이상이야. 이제 네가 얘기해 봐."

"대강 넘어가지 마세요. 뼈대만 말씀하셨잖아요. 저는 살을 원해요!"

할머니는 자신의 발을 내려다 보고 나를 빤히 쳐다봤어.

"뭘 알고 싶은 게냐?"

"자녀라면 자기 가정의 히스토리를 알아야 해요. 왜 우리 집은 비밀이 많아요?"

"때로는 모르는 게 나아."

"말씀해 주세요!"

"나는 1939년에 태어났어. 그 시기에 무슨 일이 있었는지 알지?"

"제 2차 세계대전이요."

"박해와 폭력. 내 부모님은 행운이 따라 주고, 용기를 내서 우여곡절 끝에 프랑스에 올 수 있었어."

"유태인이 아니잖아요. 뭐가 문제였어요?"

"그 시절 그곳에서는 모든 사람들이 고통을 겪었어."

"프랑스에 온 뒤에는요?"

"가정을 이뤘지. 아버지와 어머니는 노동자로 일했어. 나는 온종일 혼자 지냈고, 아무도 날 학교에 보내지 않았어. 이건 내가 가장 숨기고 싶은 비밀이야. 나는 읽을 줄도, 쓸 줄도 몰라."

"그렇지만 할머니는 돈을 벌어 생계를 꾸리셨잖아요……."

"요리에 솜씨가 있었어. 레스토랑에서 날 시험 삼아 고용해서 만 열네 살부터 일했지. 그래도 프랑스어를 배웠어. 네가 아는 억양으로 말이야."

"전 할머니 억양이 좋아요. 그런데 왜 제가 작가가 되는 걸 반대하세요?"

"네 할아버지가 작가였거든."

"왜 제가 그 사실을 알면 안 된다고 생각하세요?"

"작가라서 죽었거든. 네 엄마가 태어나기 전에 세상을 떠나고 말았지. 글을 쓰다가 미쳐 버린 거야. 네 할아버지는 독일 사람이지만, 프랑스어로 글을 쓰고 싶어했어. 결국 뜻대로 글이 써지지 않자 독일어로 쓰게 됐지. 네 할아버지는 전쟁을 일으킨 독일을 증오했고 정치에 굽혔던 자신을 증오했어."

"할아버지가 나치 군인이었어요?"

"그래. 그러나 양심이 있었단다."

"그래도 비겁해요."

"그렇게 말하기는 쉽지. 나는 네 할아버지를 사랑했어. 나쁜 사람이었다면 사랑하지 않았을 거야. 나보다 열일곱 살 위였지."

할머니는 일어나 우리 방으로 갔어. 그리고 공책들을 내밀었어. 재빨리 훑었지만 독일어라 읽을 수 없었어.

"이제 독일어를 배워야겠어요."

"배워 두면 도움이 될 거야."

"할아버지는 책을 출판하지는 않으셨어요?"

"시도조차 하지 않았어. 독일 사람들에게는 아무것도 부탁하지 않으려고 했어. 착하고, 똑똑하고, 감수성이 예민하고, 점잖은 사람이었지. 자, 난 내 몫을 충분히 한 것 같은데, 이제는 네 차례야."

"다른 남자를 만나 보고 싶지 않으셨어요? 다시 삶을 시작해 보고 싶지 않으셨어요? 할머니는 젊었잖아요."

"나는 열심히 일했고, 네 엄마를 가졌어. 그것으로 충분했어. 자, 네 차례야."

나는 할머니에게 2인용 자전거와 성, 식사 이야기를 했어. 자세한 설명도 잊지 않고 덧붙였지. 할머니는 만족했고, 나는 이제야 알게 된 나의 '새' 할아버지의 공책들을 받았어. 공책에 적힌 글의 비밀을 풀어 볼 거야.

언젠가는 말이야…….

그러려면 먼저 독일어부터 배워야 해.

방 두 개,
아니면 방 세 개?

카를을 만나지 못해서 속상했지만, 할머니와 단둘이 얘기하면서 새로운 희망을 봤어. 내게 글쓰기 유전자가 있다는 거잖아! 물론 할아버지는 비겁한 일을 했지만 뉘우치며 살았어. 모든 사람이 영웅이 될 수는 없지.

우리 건물에 방 세 개짜리 집이 났어. 하지만 집세가 훨씬 비싸서 엄마는 감당할 수 있을지 모르겠다고 했어. 내가 실망하자 엄마가 말했어.

"나는 내 능력 이상으로 할 수 없어."

오늘 친할머니를 보러 호텔로 갔어. 리셉션이 무척 소란스러웠는데 언뜻 직원이 부족해 보였지. 아르바이트를 할 수 있는 황금 같은 기회라고 생각해 책임자에게 가서 말했어.

"저는 주말 동안 일할 수 있어요. 청소 경험이 아주 많아요."

방 세 개짜리 집에서 사는 데 보탬이 된다면 작은 거짓말은 할 수 있어. 나도 법이나 노조, 최소 고용 연령에 대해서는 알아. 그러나 책임자는 개의치 않는 것 같았어. 바로 마르틴 아줌마와 짝을 이뤄 일을 하게 했거든. 친할머니나 아빠에게 들키지만 않으면 돼.

르 브리스톨 호텔은 객실이 188개나 돼서 서둘러 일해야 해. 처음에 갈팡질팡했지만, 마르틴 아줌마는 내가 일을 빨리 배운다며 안심시켰어. 모든 일은 한 치의 오차 없이 깨끗하게 단 10분 안에 끝내야 했어. 아줌마는 내게 침대를 정리하는 법, 진공청소기 쓰는 법, 욕실 청소하는 법을 가르쳐 줬어. 마치 내가 영화 속에 있는 듯했지. 객실이 어찌나 화려한지 청소하는 게 즐거울 정도였어. 콜레트 할머니 방에 도착했을 때 내 심장은 더 빨리 뛰었어. 다행히 할머니는 쇼핑하러 나간 듯했어.

나의 첫 번째 직업 체험은 무사히 끝났어. 피곤하지도 않았어. 호텔 매니저가 내게 봉투를 주면서 다시 올 수 있는지 물었어. 봉투에 얼마가 들었는지 모르지만, 나는 그러겠다고 대답했어.

주말마다 일한다면 카를을 볼 시간이 있을까? 카를이냐, 나만의 방이냐, 또 선택의 기로에 놓였군.

하지만 삶에 목표가 있다면, 어려울 건 없어.

승자,
아니면 패자?

난 결국 콜레트 할머니에게 들키고 말았고, 친할머니는 엄마에게 성을 내며 난리를 쳤어. 나의 청소부 경력은 오래 가지 못했지.

나는 여전히 돈이 필요해. 그만큼 나만의 방을 정말 갖고 싶어!

보석상에 들어가서 외할머니가 주신 시계 가격을 물어봤어.

"거의 새것이네요. 5만 유로 정도 나갈 것 같군요. 게다가 이 시계는 컬렉터스 아이템(주 - 애호가들이 수집할 만한 가치가 있는 품목)이니 좀 더 값을 받을 수 있을 거예요."

나는 어안이 벙벙했어. 내 방도 없는데 이런 시계를 찰 필요가 있을까?

"할머니, 할아버지는 단순 노동자였는데, 어떻게 이런 고가의 시계가 있었어요?"

나는 밤에 불을 끈 뒤에 외할머니에게 물었어.

"긴 사연이 있지……."

"얘기해 주세요!"

"네 할아버지가 착하고 정의로운 사람이라고 했지? 할아버지는 지하실에 유태인 가족을 숨겨 줬어. 먹을 것도 가져다주고. 하지만 누군가 고발하는 바람에 그들은 체포되고 말았어. 어느 밤, 할아버지가 돌아왔을 때, 그들은 없었어. 고맙다는 인사가 적힌 쪽지와 이 시계만 덩그러니 있었단다. 할아버지는 그들이 살아서 다시 돌아오기를 바라며 이 시계를 소중하게 간직했어. 결국 할아버지의 유품이 되고 말았지만."

할아버지는 이 시계보다도 더 큰 가치를 지닌 분이야.

한편, 콜레트 할머니는 같이 사는 것은 어렵겠다고 했어. 대신 방 세 개짜리로 이사하면 더 내야 할 금액만큼을 보태 주겠다고 했어. 위베르 아저씨도 부자는 아니지만 같은 제안을 했어. 그러나 엄마는 남의 힘을 빌리지 않고 이사하기로 결정했어. '우리 일은 우리가 알아서 할 거야.'라고 말했지.

나는 정말 행복했어! 청소부 직업 체험은 끝났지만. 다시 글쓰기와 카를에게 돌아갈 수 있으니까. 외할아버지의 시계는…… 그냥 간직할 거야.

11월이 지나가고 방학이 멀지 않았어. 날씨가 춥고 우중충했어. 비가 오고 눈까지 내렸지. 상관없어. 2인용 자전거는 못 타지만 모든 것이 좋아. 거의 모든 것이.

카를도 나도 까맣게 잊고 있었는데, 드디어 펠릭스 아들러 재단에서 편지가 왔어.

엄마는 편지를 열고 싶은 마음을 꾹꾹 누르면서, 할머니는 서성이면서 내가 돌아오기를 초조하게 기다렸어. 나한테는 결과가 그다지 중요하지 않아.

나는 학교에서 돌아오면 하던 대로 화장실부터 들렀어. 여유를 부렸지. 엄마와 할머니는 날 부추겼어. 나는 아카데미상 시상식 사회자를 흉내 내어 말했어.

"그러면 우승자는……."

입이 양쪽 귀에 걸려서 편지를 읽는데, 전화가 왔어.

"그래, 카를. 대박이야! 날 미워하지 않을 거지?"

"축하해! 너라서 정말 좋아. 너는 작가야."

"너는 황금 같은 친구야."

엄마와 할머니가 다가왔어.

"네가 우승했구나!"

전화를 끊자 엄마와 할머니가 말했어.

"네. 시상식은 에펠탑에 있는 쥘베른 레스토랑(주 - 에펠탑 2층에 위치한 고급 레스토랑으로, 파리에서 가장 전망이 좋다.)에서 열려요! 우리 네 명이 쓴 글은 소책자로 인쇄된다고 해요. 괜찮은데요?"

"우리 딸, 장하다! 다른 친구들의 글도 어서 읽어 보고 싶구나."

"크리스마스 선물 살 돈을 좀 남길래요! 제 방에 새 침대와 양탄자, 협탁도 사고 싶어요. 그리고 집세에도 조금 보탤게요. 우리 가족끼리 주말여행도 갈 수 있을 거예요!"

"겨울에 가면 안 돼!"

외할머니가 말했어.

나는 도렐리에게 곧장 전화를 걸었어.

"부활절 방학은 런던에서 보낼까?"

"네가 우승했어?"

내 친구는 기뻐하며 소리쳤어.

"우승보다 더 좋은 소식이 있지! 우리…… 이사 가. 나만의 방이 생기는 거야."

그래, 난 결정했어. 난 곧 머리를 감을 거야. 상자에 이삿짐을 싸기 시작할 거야. 좀 더 단호해질 거야. 건강하기 위해서 좀 더 일찍 잘 거야. 내게 주어진 행운을 깨달을 거야. '아니, 싫어.'라고 말하는 법을 배울 거야. 좀 더 대담해지고, 좀 더 융통성 있고, 좀 더 사교적이고, 좀 더 모험심을 가지고, 좀 더 활발해지고, 좀 더 이해심을 가지고, 좀 더 관대해지고, 늘 좋은 기분으로, 멋지게 살 거야.

그리고 나는 간단하지만 아주 복잡한 사실, 바로 살아 있다는 사실에 항상 감사할 거야.

좋았어!

내 작은 삶에 대한 커다란 소설

초판 1쇄 발행 2021년 6월 5일
초판 2쇄 발행 2023년 6월 30일
글 수지 모건스턴 | **그림** 알베르틴 | **옮김** 이정주
발행 이마주 | **주소** 경기도 고양시 덕양구 청초로 65, 101-2702
등록 2014년 5월 12일 제396-251002014000073호
내용 및 구입 문의 02-6956-0931
블로그 http://blog.naver.com/imazu7850 | **이메일** imazu7850@naver.com
제조국명 대한민국 | **사용연령** 8세 이상 | **주의사항** 날카로운 책장이나 모서리에 주의하세요
ISBN 979-11-89044-42-8 43860

LE GRAND ROMAN DE MA PETITE VIE : Décide-toi! by Susie Morgenstern and Albertine
© 2015, De La Martinière Jeunesse, a division of La Martinière Groupe, Paris.
All Rights Reserved
Korean translation copyright © 2021 by IMAZU
Korean translation rights arranged with LA MARTINIÈRE GROUPE through Orange Agency